独家爱恋

顾漱颀/著

重庆出版集团 重庆出版社

第一章

经济中心、文化中心、政治中心……这座被赋予了很多意义的城市，曾经也一度被全体国民毫无异议地信仰为世界的中心，就像出现在语文教科书中的历史名人，思想家、教育家、革命家，等等，头衔接二连三地跟随，如同使婴儿与母体相连的脐带般不可缺。甚至，这座城市的名字可以改弦更张，但唯独不能忘记它所承载的"荣誉"。

有的时候，荣誉太过包围本体，会让人疑惑，究竟哪个名头才是真实的反馈。或者，这些都不重要，如果可以，在这座城市的上空飘浮着一架超广角摄影机，连续拍摄一天、一个月、一年，就会发现，城市，以及生活在这个城市里的大众，都在极其规律地重复行动，一个月不过是三十个一天的重现，而一年也就是十二个月的重现；时常也会有一些大动作出现，比如古老的建筑在人潮中轰然倒地，接着另一幢巨大的高楼拔地而起，体现着将夸张的口号变为不折不扣的现实的自豪感。

虽然残忍，但又诱惑心灵，凡是来过的人，对比自己出生的小地方，都不愿再回去了。

东内环的一片高档小区，大篇幅的绿化中并排矗立着两幢高层住宅，在这寸金不及寸土昂贵的地段，开发商慷慨地划出地皮打造环境，原本可建十幢住宅的空间只建了两幢，看似舍本求末，但追求的却是生活品质。

品质这东西，在不同人眼中有不同理解，有人觉得每逢重大节庆时去西餐厅点一份牛排和红酒以表祝贺便提高了品质，也有人觉得在温馨的小屋里点两三盏昏暗的灯，放古老的曲子，沉浸在一个人的幻想中便有了品质，不过在这里，品质更加的实际和可观，每平米十万以上的单价会秒杀其他所有脆弱的享受。

楼层中段的一扇窗户里，高沙沙刚刚睁开睡眼，躺在洁白的床上无所事事地凝望着黑色的天花板。屋子里没有过多摆设，除了身下这张足够容纳五个高沙沙的床外，只有一间衣橱；墙壁刷成了海洋和天空的颜色，最底端接地的是深海蓝，往上渐渐明亮为浅蓝，中间是如云般的白色，再往上恢复成天蓝，最顶端连着屋顶是黑色的夜空。

下床，走进洗漱间，打开浴缸的热水，雾气腾腾。高沙沙站在镜子前欣赏自己的裸体，高挑，清瘦，她想起第一次发现自我美感时的场景。

七年前，她迈入象牙塔，认识了第一个男朋友，男朋友学艺术，专攻油画，外表和学理科的高沙沙同样邋遢，不一样的是，高沙沙从这个男生身上看到了一个此前和自己完全不搭边的名词：气质。在他们相爱三个月后，冬天，下雪，临放寒假，她坐在画室里陪男友完成一幅静物像，男友一言不发地作画，突然，男友对她说："沙沙，让我画你吧。"

不是询问，也不是征求意见，让人无法拒绝。高沙沙哆嗦着脱掉自己的衣服，画室里有暖气，但她还是不停地在哆嗦，并后悔没穿成套的内衣，特别是看到男友捡起她那印着 Hello Kitty 的文胸时一脸恍然的表情，仿佛在这个艺术家眼里呈现出的不是一个施加以情欲的异性，而是一个没发育成熟的女孩。

男友上前拥抱她，他们接吻，之后在这方布满颜料的缤纷世界里，和有情人做快乐事。

浴缸里的水已经放满，高沙沙泡在水中，这种温暖的感觉就像男友的怀抱一般。

距离这高档小区两三条街的另一边，一片老公房正面临被拆迁的命运，原住民们早在多年前就已经搬走，去往偏远的郊区；现在住在里面的多是些上了岁数的老人以及外来务工人员，五平米不到的阳台也能放一张上下铺分租给两个人用。

钱小菲的居住环境还算优良，房东是她母亲的大学同学，自打三年前大学毕业，钱小菲就一直住在这里，稀缺的两居室房源，租金没涨过已算莫大的恩赐。不过现在小菲出了状况，她已经失业两个月了，三个月前，小菲的公司新聘了部门女主管，此女以折磨人为喜好，出台各种纪律各种注意，不但周末加班，而且一到饭点就开会，甚至还出台了值日生制度，要求小菲等员工每天轮流早到值日，这令小菲瞬间有种穿越回了黑暗的高中年代的感觉，其他员工们也纷纷议论，说是挣着卖面粉的钱，操着运白粉的心。为此，钱小菲特意去了趟超市，在了解了面粉的市场价格后，更加心冷。终于，煎熬了一个月，钱小菲内分泌失调，毅然辞职，女主管亦欣然接受——员工主动辞职就不需要多支付一个月的遣散费了，何乐不为呢。

办完离职手续，钱小菲走出了乌云笼罩的写字楼，坐在街心公园的长椅上晒了会儿太阳，接着去到对面的公交站台，随便上了一辆车，漫无目的地在这座城市里闲荡。从入大学开始到现在，七年，她还从没见过这座城市下午三四点的模样，就像大部分人一样，行动统一：早上出门，挤八点钟左右的公交或地铁；还没下车，就能看见写字楼里等电梯的人已经排到大门外；中午去便利店买一份吃了无数遍的盒饭；吃完之后再上班，再下班，再挤公交或地铁回家，偶尔会发现下班搭乘的公交竟然和早上是同一辆，可见大家都在无休止地复制、粘贴。而现在坐着的这一辆巴士，若不是失业的缘故，她或许永远不可能在这个点上来。

晚上九点多，看看日历，距离交租金的日子不到三天，权衡了一下，原本打算吃味千拉面的钱小菲选择用河南拉面来代替，反正都是拉面，就当河南拉面是荷兰拉面好了。

一架波音客机沿着灯光闪烁的跑道徐徐降落，滑行，停稳，空姐甜美地与乘客道别。

坐在最前排的雷郑宇等到全体乘客均离去后才动身，全部随身物品就是一只牛仔背包和相机。两位空姐凑在一起小声议论着雷郑宇，坐在第一排却迟迟不下飞机，莫非是看上自己了？

雷郑宇杂乱而长的头发下是一张俊郎的面容，外加修长的身型，让空姐这种整天被飞行员围绕着的女人都艳羡不已。

在"国际到达"的出口，一条显眼的横幅吸引着众人的目光：恭迎雷少爷。

雷郑宇老远就看见这横幅，无语，想办法换通道离开。

举横幅的墨镜男子没有发现雷郑宇，但一个老人挡在了他面前："少爷，你已经用这法子在里斯本逃过一次，还想故伎重演啊？根叔我这把老骨头还是有点记性的。"

雷郑宇坐在奔驰车宽敞的后座上，摇下窗户，托着相机拍一路的夜景。

车停在一家不露声色的豪华酒店门外，根叔递给雷郑宇一张门卡："少爷，老爷就是担心，没别的意思，房间已经帮你订好了，都是按照你的喜好办的。"

"谢谢你根叔。"雷郑宇接过门卡，下车。

进酒店房间后的第一件事就是拉开迷你酒吧，一瓶矿泉水标价五十块。惨无人道！雷郑宇关上冰箱，倒在沙发上，环顾四周，半晌，抓起电话打给大堂："喂，您好，我想换一下房间，帮我调到普通间，我不要住套房。"

挂断电话，雷郑宇走到窗边，窗外的城市光怪陆离，比白天还要兴奋。对面大型购物中心的外墙上悬挂着巨幅宣传画，画上的女人冷峻妖艳，像中东某国的统治者一般，喜欢把自己的肖像挂在教堂外，以供膜拜。

和雷郑宇直线距离不到五百米的地方，钱小菲正坐在露天的排档位上等拉面，抬头所看到的也是那幅宣传画，画上的女人有几分熟悉；不是因为天天在广告中看见，而是曾经的际遇相逢，不过太遥远，湮没了印象。

"面来咯！"店家长喝一声，一只蓝边碗放在钱小菲面前，有汤，有面。

"这是牛肉面吗？"钱小菲挑着筷子在面里拨找牛肉。

"怎么不是牛肉面？"

"那牛肉呢？"

"这不是吗？"店家指着汤水中漂浮着的两片薄如纸屑的牛肉。

"这两片肉还不够塞牙缝呢，你好意思吗？"

"小姑娘，这地段，这租金，我连汤带面才卖你五块钱，你还想我怎么个意思。"

钱小菲想原来都是贫苦人士，这地段，这租金，连汤带面才卖五块钱，够客气的了。想罢掏出钱包，抽出一张十块拍在桌面上："加一份牛肉，加一只荷包蛋。"

店家拿了钱，回到室内舀了一勺牛肉，连着荷包蛋一起添给钱小菲，钱小菲大为满意，刚要动嘴，不远处一道闪光灯亮过。

钱小菲的脸上徒增了几条黑线，自己这样的吃相，要是被发到网上，那肯定红了，标题就是"知识民工夜食河南拉面——探询现代都市人的生存现状"。红了之后事情就多了，免不了被人肉搜索，那么失业的处境将被曝光，一个外来求学的边缘人士，毕业之后找不到工作，只能吃河南拉面求生存，直接拷问各种社会问题。

还没吃到第二口，又是一道闪光灯，接着是第三道和第四道。十米开外，雷郑宇调试完焦距，将炮筒般的镜头对准钱小菲。

取景和构图已经完成，在即将按下快门的刹那，镜头中一片黑暗，雷郑宇以为电量耗尽，抬起头，却看见钱小菲一巴掌堵在镜头前，目光凶残。

"你不觉得这样很不尊重我吗？"钱小菲先发制人。

雷郑宇收好相机，装着在思考的模样，而后说："我不懂你的意思。"

"装，接着装，说，你为什么要拍我？没见过贫下中农吃拉面吗？玩什么现实主义，你以为买得起相机就了不起啊，告诉你，摄影穷三代，单反毁一生，我诅咒你！"钱小菲发完怒气，又坐回位子上，往碗里倒了半瓶辣油。

雷郑宇走向钱小菲，在她身边坐下："那，你看看，我有没有在拍你。"雷郑宇将相机放在桌上，一张一张地调给钱小菲审查。

越往后，照片里的景色越不是中国的了。

"这是葡萄牙，这是西班牙，这是法国，后面就更没有中国的了，所以，你错怪我了。"雷郑宇注视着钱小菲。

"谁知道你是不是把拍我的那几张删掉了呢，我只知道你的闪光灯亮了好几次，肯定是在拍东西。"钱小菲为自己能做出如此狡辩折服。

面对如此强词夺理，雷郑宇只能摇头，抱着好男不跟女斗的态度，仿佛是说给自己听："我拍的照片，哪怕再多不满意，也从来不会删掉，所以，你多想了。"

"自恋狂。"钱小菲也像说给自己听一般。

"我叫雷郑宇，不叫自恋狂，再说，自恋的是你才对吧，像你这样一个吃拉面的女人，我有什么理由要拍你呢。"雷郑宇说这句话的时候口吻温柔，但挑衅性极强。

女人，吃拉面，怎么了？"雷阵雨？雷阵雨就了不起啊，我还叫暴风雪呢！再说，吃拉面怎么了，我乐意！"钱小菲端起碗连汤带面全部吃光，愤恨离去。

钱小菲的背影逐渐缩小，雷郑宇看着那干净得像是被洗过的碗，招呼了一声店家。

小区保安看到那辆奥迪的车牌就自动放行了。

挂着连号牌照的奥迪绕进地下车库，开入一间带有升降门功能的独立停车位。坐在驾驶位上的是一名中年男子，精神不错，熟练，并自如。

微弱的敲门声响起，高沙沙从卧室走出来，批着一件透明的睡衣。她打开房门，奥迪车上的中年男子正在门外，两人相顾一笑，中年男子搂着高沙沙细致的腰身踏入房间。

"陈嘉荣教授，这么晚了你还来，不怕嫂子有意见？"高沙沙被中年男子逼到墙边，满是魅惑地贴耳问道。

"她当然有意见啦，不过她自己的烦心事都忙不完，哪顾得了我呢。"陈教授说完吻住了高沙沙的脖子。

高沙沙娇嗲地喘息，在陈教授试图解开她上衣的时候推开了他："这么急，看来完事之后你还得赶回去咯。"

"我也想留在你这，可我实在没借口呀。"陈教授脱不到高沙沙的衣服，只能先脱自己的衣服。

高沙沙也不过多质问，笑呵呵地走向卧室。陈教授在身后看着她若隐若现的内衣，快步冲过去，将她抱起，进了卧室，里面传来不止的嬉笑声。

不到十分钟，浓重的喘息声停止，陈教授从高沙沙身上翻下，倒在一边平复情绪。

高沙沙歪过头看身边的男人，问："你还打算和她离婚吗？"

陈教授闭上眼睛，缓缓地说："现在别讨论这件事，我最近很忙，等我的新产品研发成功后再说。"

"我倒是不急啦，不过肚子里的孩子要是急了，我就没办法了。"高沙沙说着摸摸自己的腹部。

陈教授一下坐了起来，惊恐万分地问："你怀孕了？"

"你觉得呢？"高沙沙觉得陈教授这时面红耳赤的样子十分逗。

"我怎么觉得，是就是，不是就不是，你快告诉我。"

"如果是，你打算怎样，如果不是，你又打算怎样？"

"我没工夫和你玩猜谜游戏好不好。"陈教授说罢从地上捡起衣服穿好。

高沙沙把陈教授送到门口，小声说："骗你的。"

陈教授眉头舒缓，在高沙沙的额头上轻吻了一下，转身走进电梯。电梯门合拢，高沙沙看着楼层数一点点减小，直到 B1。

于是，这间近三百平米的二百七十度全景豪宅里，又只剩下高沙沙一个人了，前前后后不过二十分钟而已。

她站在阳台上，看到购物中心外挂着的宣传画，画上的女人，正是自己每天照镜子时都会看到的那个。她又摸了摸肚子，多希望真的怀孕，这样便有了伴。

失业在家两个月，屋子里反而糟蹋得不成样，钱小菲对此毫不关心，她每天做的最勤快的事就是检查电子邮件信箱，已经投了一个多礼拜简历，竟没有一家单位找她面试，再这么下去只能找家麦当劳打零工了。

而触发钱小菲打扫卫生的因素便是她收到了一封新的电子邮件，一家名叫"魅力"的化妆品公司请她下周一去面试，并请携带好毕业证和一寸照片若干。

魅力？难道是那家比考国家公务员还难的魅力集团？钱小菲将邮件反复研读了好几遍，确认就是魅力发给自己的面试邀请函后，欣喜若狂。

不过……等等，毕业证？一寸照片？在哪？钱小菲拉开电视柜的抽屉，没有；衣柜里，也没有；一定在文件夹里放着呢！不过……文件夹在哪？沙发上堆满了衣服和杂志，地上散落着各种零食包装，书架里倒是有些文件夹，但已经被压得抽不出来了。

看来必须清理一下屋子了，倘若这时候有人来做客，那连立足的空间都没有。

两个钟头之后，午夜十二点，屋子焕然一新，亮得能够照见鬼。

钱小菲将最后一桶脏水倒进坐便器，回到厨房打开一罐可乐一饮而尽，瘫痪在沙发上，连连打嗝，没想到自己还有这等动手能力，不禁对两天后的面试信心倍涨。

回酒店的途中经过 Family Mart，想到迷你吧里一瓶矿泉水动辄就要五十块，雷郑宇有备无患地一口气买了十罐矿泉水，不过十五块，心情大好。

洗完澡后，雷郑宇躺在床上打开手提电脑查看邮件，一封标题为 Your Fiancee Lisa 的信件用了加大的字体，十分醒目，内容也很简洁：拒绝我是你此生中最大的错误。

雷郑宇同样简洁地回复道：我不是拒绝你，我是拒绝我自己。

这样的回答很委婉，虽然一眼就能看出是个借口，但倒也不伤人。哪是拒绝自己，明明就是在拒绝 Lisa 嘛。雷郑宇不喜欢这个女人，他自己心知肚明。

认识 Lisa 起码有二十年了。彼时年幼的雷郑宇自认老成，往往不喜欢和同龄人接触，但当他结识 Lisa 后，他发现自己老成的只是表面现象，Lisa 那才是货真价实的老呢，不苟言笑，总是一副思考的模样，更不像别的女孩子喜欢娃娃或者粉红色的装饰，大部分时间都在阅读，看各种各样的书。所以，两个都不怎么喜欢搭理别人的家伙，没有共同语言也是情理之中的事。

两年前，在家人的安排下，雷郑宇再次见到 Lisa，在一次集体聚会上。Lisa 比小的时候漂亮成熟了很多，但依旧是那副高处云端之上的姿态。

这两家是多年的合作伙伴，希望通过联姻的方式让关系更加密切。Lisa 没有意见，这在雷郑宇意料之外，他很难相信 Lisa 会接受这样的安排，几乎没有感情基础的两个人，能够生活在一起吗？

雷郑宇对生意上的事没有兴趣，或者说，他现在还不想把自己束缚在金钱的世界中。虽然无法抗拒父亲的威严，在大学期间主修经济学和管理学，不过雷郑宇的摄影技术远比他的主修科成绩更为人称赞，在纽约办一场私人摄影展是他最渴望实现的目标。为此，在订婚宴的当天，雷郑宇出逃了，跨越大西洋，来到葡萄牙，开始了他的环球旅行。中国是最后一站，结束中国之行，他就要履行和父亲的约定，回加拿大继承事业。

逃婚后，两家人的关系有点紧张。

Lisa 随后拒绝了其他所有男性的殷勤，这样的表现会让外人觉得她是爱雷郑宇的，不然一个女孩子家，条件这么好，不会热脸贴冷屁股到如此程度。

但雷郑宇知道，她不是因为爱而想要得到，而是为了证明她自己有这个能力得到所以才如此表现。

一轮明月下，没有睡意的人们怀揣着各自的梦想期盼未来，唯有时间能够将他们牵引到一起。

第二章

为了能在周一的面试中脱颖而出，钱小菲打算好好包装下自己，你看那些大品牌的营销，最重要的一点就是卖相，商品有卖相，模特也有卖相，千万别觉得自己有内在美就行了，你可以不是范冰冰，但你必须把自己当作范冰冰，再说，放弃外在，那你的内在就真的美吗？同时，出于对经济承受尺度的考虑，钱小菲只能不惜体力地穿梭在各商场的打折区，慧眼淘宝。

"从头到脚一定要控制在一千块以内，一千块以内，以内……"面对商场里货品价码的耀武扬威，钱小菲不停给自己下咒符。

现在最不值钱的就是钱，以前上大学的时候，每个月生活费不过几百块，但活得相当滋润；即便是刚毕业那年，职场新人的工资也够"月光"；但近两年物价飞涨，钱小菲的好多同学都回了老家，最主要的原因就是房租每半年涨一千，房东宁可违约也要把你赶走，迎接下一任可以给出更高价格的租客。

另外，要怪也只能怪自己眼光太好，凡是钱小菲第一眼看中的，价格都在四位数以上，所以只能停留在看的阶段，看完之后就要另谋出路。

　　五个小时之后，钱小菲拎着三只袋子上了地铁，车厢视频正在播关于期货的广告，标语叫"高投入有高回报"。钱小菲看着手里的袋子，鼓舞自己周一的面试一定要拿下，不然这一千块的高投入就白花了。

　　这时一个穿着破烂背着孩子的妇女沿着车厢一路乞讨过来，乘客们要么低头玩手机，要么闭上眼睛装死，十分入戏，可见每天都会遇到这样的场景，早就练熟了。

　　骗子，一定是骗子！钱小菲想起法制节目里关于破获组织乞讨人员犯罪的内容，也低下头，看自己的脚。

　　乞讨的妇女知趣地走开，走到旁边一节车厢的时候站定，一个男人从包里取出十块钱递给她。钱小菲清楚地看见是十块钱，再看那男人的脸，OMG！竟然是昨天晚上在拉面摊遇到的那个无耻偷拍男，他叫什么来着？什么雨……雷阵雨？

　　雷郑宇目送着乞讨妇女，随手拍了一张照片。

　　变态！钱小菲已经恨屋及乌地将雷郑宇的所有行为理解成无下限的偷拍。

　　当天晚上，钱小菲很早就上床睡美容觉了，还敷了张面膜，为了保证效果，愣是呆坐在床上一动不动撑了半个小时。取下面膜后照镜子，自我感觉吹弹可破，心满意足地进入梦乡。

　　邀请钱小菲去面试的公司就坐落在那挂着高沙沙巨幅海报的商场里，底层为购物中心，高层为写字楼，名副其实的CBD。钱小菲感觉自己辞职真是辞对了，仰望这楼，多高啊，再看那海报，多时尚啊，真洋气。

　　刚准备迈出人生的一大步，一个小姑娘拉住了钱小菲的衣角，手捧一个捐款箱，两眼充满希望地盯着她。小姑娘放下捐款箱，打起手语。

钱小菲犹豫了一下，想马上就要面试了，不如攒点人品，便掏出钱包取出一百块塞进捐款箱，就当是在寺庙里拜佛给的香火钱。小姑娘开心地向她鞠躬，钱小菲来不及接受谢礼，闯进大楼。

"咔嚓"一声，钱小菲的身影再次驻留在了雷郑宇的镜头中。

直奔电梯去顶层的钱小菲被一楼展示大厅正在举办的新闻发布会吸引了注意力，会场的广告牌上用地道的黑色宋体字写着英文单词：Reborn。陈嘉荣教授头上不多的碎白发修理得很干练，反而显得年轻，坐在主席台上意气风发，像检阅军队似的看着下面的各路记者。

主持人比陈教授更意气风发，台上台下来回穿梭，完全忘记了自己本该只是作为道具的存在。

一名记者经不住主持人的挑逗，开始发问："众所周知，魅力公司的产品一向很受欢迎，是女性消费者的第一选择，在美容行业中长期占据高额的市场百分比，连我这样的男士都熟知贵公司的品牌，然而贵公司似乎完全不满足于已经十分美好的现状，此刻陈教授您又对外宣布会有新产品面世，请问您有没有觉得自己的野心有点过分呢？"

陈教授一直闭着眼睛听完记者的发问，微微一笑，说："你问的可不止一个问题啦，容我逐一解答。首先，我们魅力公司最近几年能够在美容化妆品市场站稳脚跟，与公司全体同仁的努力密不可分，这不是官方话，而是心里话，我作为研发部的员工之一，有功劳，这个不否认，但魅力能有今天的成就，绝不是我一个人的作用，我不能贪这个功，实事求是；至于说到野心，我承认我是有的，野心是建筑在能力基础上的，生于忧患死于安乐，如果在现有的成绩上止步不前，那要不了多久，魅力就会发霉，其他同行就会认为我们不过是昙花一现的偶然现象罢了，我可不想这样，我要把魅力打造成世界首屈一指的美容化妆品集团，有一天，魅力可以骄傲地出现在 Dior 和 Chanel 面前，那时候再来讨论我的野心吧！"

场下众人鼓掌，有人插嘴道："陈教授，看来您十分有自信，不仅对魅力，也对自己。"

陈教授笑着点点头，说："自信，是肯定的，我们做的是什么？是美容化妆品。目的是什么？是为了塑造美丽。做这样的事，怎么能不自信呢？"

"您除了对自己的产品自信，对自己的个人魅力应该也很自信吧？能说说最近关于你和沙沙的绯闻吗？有目击者看见你的私车开进沙沙小姐的公寓……"一个愣头青记者举着扩音喇叭问，声音响彻全场，即刻招来了保安，夺下他的喇叭，要将他拖出场外。

钱小菲佩服这记者的勇气，居然敢公开提如此隐私的问题，一点不担心自毁前程。

陈教授叫住保安，将愣头青释放，平静地答道："小伙子，我不知道你所谓的目击者是谁，如果有，我也很想看看，他是如何看到我根本没有去做的事，你身为记者，有发问的权利，我也懂，你们说言论自由嘛，对不对，我没有问题，你问我，我就回答你，这本来就是新闻发布会嘛，但你问的事已经不是我一个人的事了，还牵扯到沙沙小姐，所以，你诬蔑我没关系，但请你尊重一下不在场的女士，我这么说不是为了拔高我自己，而是为了奉劝你，祸从口出啊。"

"你是在威胁我吗？"愣头青孜孜不倦依依不饶。

陈教授摇摇头，无奈地耸耸肩，不再解释。

这时大厅入口处骚动起来，记者纷纷将镜头对准被黑衣人包围住的红衣女人，女人鼻梁上挂着巨大的蛤蟆眼镜，遮住一半的脸，丝毫不畏怯接二连三的闪光灯。

"沙沙，刚才陈教授竭力撇清了与你的关系，请问你有什么想说的吗？"

"沙沙，有消息说你推辞了别家公司更为丰厚的条件而选择和魅力续约，请问你是为了陈教授才留下的吗？"

"沙沙，听说魅力为了注入新的活力，将进行新一轮的招聘，请问你会亲自督阵吗？"

高沙沙猛然站住脚，四下陷入寂静，一个稚嫩的声音响起："沙沙……"

"别再叫我沙沙了！我跟你们很熟吗？叫我高沙沙，或者沙沙小姐，别整天跟我玩假熟，我们没那么熟，你们的问题我一个都不会回答，我不是干这事的人。"高沙沙大吼，颧骨随着面部肌肉的抖动而抬高，好在眼镜没有被震掉，说罢独自走进电梯，在全场注目下消失。

钱小菲被高沙沙强大的气场笼罩，吓得直咽口水，想到之前那记者所说，魅力为了注入新的活力进行新一轮的招聘，自己应该就是应聘者中的一员，如果真是高沙沙亲自督阵做面试官，那肯定玩完，没戏。

记者会没有因为高沙沙的出现结束，高沙沙就如同一只休止符，只充当暂时停顿的栖息。

眼看面试时间迫近，钱小菲等不到自己偶像出场，只好一步三回头地上了电梯，以逆转地心引力的姿态冲上顶层。

电梯悬挂在大楼中央，脚下是一块透明玻璃，随着逐层升空，能够望见大厅里的人高速缩小，钱小菲后背紧贴住电梯门，眼睛眯成一条缝，不敢往下看。

"当！"电梯停稳，楼层显示已到"66"，钱小菲夺门而出，溜进洗手间平复一下情绪。

在说明自己是来面试后，钱小菲从前台小姐那领到一张表格和一道倚老卖老式的目光，这目光，既可以看成是老兵对新兵的不屑，也可以当作熟妓对新雏的挑衅。

前台小姐指了指一旁的沙发示意钱小菲过去，嘱咐她把所有能填的空都填好。

钱小菲连声应答，捧着表格坐到沙发上。环顾四周，发现公司内部男女比例严重失调，来来回回的人中几乎看不到长胡子的，难得飘过一两个雄性动物，但那姿态、那神色，比女人还女人，看到钱小菲时更是一副"小妹妹你乱看人家可是要对人家负责的哦"的样子。钱小菲打了个冷战，奋笔疾书。

之后又陆续进来几个年纪相仿的女生，五彩缤纷，各有各的装扮，从前台小姐那收到同样的表格和目光；不一样的是，后来的女生们比钱小菲霸气得多，对那种不屑与挑衅并存的目光持反攻态度。

本该遵循先来后到的规矩，可钱小菲身为第一个报道面试的人却被安排在了最后一个，等其他几个姑娘全都面试结束，已经快到午饭时间了，无奈钱小菲只得充分利用时间，把自己的简历重新美化一遍。

面试室里坐着二男一女，唯一的女性便是大闹新闻发布会的高沙沙，此刻依旧一副唯我独尊的面孔，两边的男士则一看就知道是做"下人"的，更像是个摆设，只不过那样貌称不上花瓶，最多算是脚盆。

"我们看了你的简历，学历方面还不错，只不过……"坐在高沙沙左边的男人拖长了语调："你毕业三年，二十五六岁，还未婚，看来近期你要考虑人生大事了吧？"

"不考虑，我连男朋友还没呢。"钱小菲答道。

"连男朋友还没有，那更要找男朋友了吧，我们公司比较希望能选一些时尚的已婚女士，这样她们更有工作上的专注力。"坐在高沙沙右边的男士说。

"而且，你之前根本没有我们这个行业的工作经验，我们觉得有点……"

"又而且，我们看到了你的穿着品位，觉得和我们公司的整体格调十分不符。"

"另外……"

两个男人你一句我一句像唱双簧似的。

"闭嘴！"高沙沙喝道。

两个男人被吓得连连致歉，钱小菲也差点从椅子上摔倒。

"嫌人家没有男朋友，难道你们有女朋友吗？说人家没有工作经验，你们进公司的时候好像也只在超市里干过吧？至于穿着品位，我说过很多遍了，不要把毛衣塞进西装裤子里，你们永远都学不会。"高沙沙说完摇摇头，叹了口气。

两个男人咧着嘴，欲哭，扭着腰掩面而出。

"这样是不是不太好？"钱小菲小心翼翼地问。

高沙沙轻声哼了哼，站起身走出面试室，只丢下一句"直接去 HR 的办公室吧"。

钱小菲做了道漫长的等式转换，去 HR 办公室就等于被聘用了，被聘用了就意味着有工资了，有工资就有资本交房租了，钱小菲暗喜，追出门想道声谢谢，但高沙沙早已离开。她愣在原地，五味杂陈，虽然给自己一份工作的机会很难得，但如此狂妄傲慢的女人还真不讨人喜欢。之前有人评价，现在的女人都梦想成为女强人，但往往都只在通往女强人的路上走了一半，勉强学到了"强"字却也丢掉了"人"字，很难讲是否合算。

看到来拿入职书的居然是最不起眼的钱小菲，HR 就秉承了前台的态度，钱小菲想如今我已面试成功，才不给你们得寸进尺嚣张的机会，便抬脖子挺胸，唱着小曲完成入职。

走出写字楼时天空阳光普照，钱小菲得意忘形，瞪大了眼睛凝视太阳，结果双目一黑，拦腰伸到一半就倒了下去，正好撞在了雷郑宇后背上，雷郑宇下意识地扶住钱小菲，而顾不得手中相机的脱落，相机掉在地上，镜头碎成一片残渣。

钱小菲站定，看着地上的玻璃渣，刚要抱歉，看到是雷郑宇，顿时气焰喷张："又是你，你这个偷拍狂，怎么到处都有你啊！"

雷郑宇没想到光天化日之下居然也能白的说成黑的："看来还真是好事做不得，我要是不扶住你，你就要代替这相机躺地上了。"

钱小菲也觉得有些理亏，但嘴上照样不服输："谁说的，没有你，本姑娘一个托马斯回旋，站得妥妥的。"

雷郑宇上下打量着钱小菲："你这身材出卖了你，练过体操的人是长不出你这身段的。"

"你……哼，好女不跟恶男斗，我不理你！"钱小菲转身走开。

"喂，那个女人，那我的相机怎么办，看来你是不想负责任了，连句谢谢都没有。"雷郑宇在身后抱怨。

女人？居然叫我女人？我可是女生好不好！还想让我对你的相机负责任，我才不管呢，我想管也管不起啊。钱小菲乐滋滋地走了两步，脚下一滑，连人带包甩了出去，翻盖手机摔成了两半。

雷郑宇走上前来，幸灾乐祸道："哎呀，看来这世道天理还在，虽然善有善报不见得，但起码恶有恶报，女人，要我扶你起来吗？"

"别叫我女人，我叫钱小菲，是女生！"

"哦，还是女生啊。"雷郑宇故意露出一副色迷迷的样子。

钱小菲自觉地捂住领口，捡起包和手机。手机明显已经不能再用，这下又要有额外支出了。

"你赔我手机！"钱小菲喊道，喊完之后自己都觉得没脸。

"我赔你手机？你怎么有勇气说这样的话呢？你撞到我身上，我为了扶你把相机摔坏，我还没要你赔我镜头呢，你知道一只镜头需要多少钱吗？"雷郑宇对钱小菲的要求感到难以理解。

"要不是你在后面叫我，我能跌倒吗？"

"看来我要报警才行，跟你说理说不通，等警察来自有公道。"雷郑宇掏出手机拨110。

"哎——慢着慢着！"钱小菲抢下雷郑宇的手机："我说你这人怎么这么冲动啊，这点小事还麻烦警察叔叔，你有没有公德心啊！"

"把手机还我，你还学会明抢了。一只镜头让我损失了两万块，再加上这手机，算上折旧也有五千，一共两万五，差不多够数定罪了。"

"定你个鬼罪！"钱小菲把手机里的SIM卡取了出来扔给雷郑宇，趁雷郑宇弯腰捡卡的机会拦下一辆出租车飞驰而去。

雷郑宇将SIM卡收好，载着钱小菲的出租车已经开过了一个街口。地上除了破碎的镜头外，还有一包名片夹，里面塞着几张印有不同公司Logo的名片，但人物名都是同一个：钱小菲。

这家伙，小小年纪，却换过这么多家公司，真没定性。雷郑宇将名片收拾好，走向街对面的公交站台。

公交车在一座菜场前停下，雷郑宇跳下车，一边望着对面的平房小区，一边对照纸条上的地址。

小区虽旧，五脏俱全，各种菜系的小馆子林立，理发店、光盘店、水果行，要什么有什么。雷郑宇走在小区里，有点乐不思蜀。

他站在25号楼前，按了按一楼的电铃，一个老女人的声音传来："谁啊？"

"请问，钱小菲女士住在这里吗？"

"她住楼上的，你找错了。"

"那，再请问一下，她是住在你租给她的房子里，对吗？"

"是啊，怎么了？"

"哦，没什么，我也很想租你的房子，据我所知，她已经三个月没有支付你房钱了对吗？"

"你怎么知道？"

"我自然有我知道的方法，我一次性还清你三个月的房租，你把房子转租给我，可以吗？"

一个还穿着睡衣的老女人直接开了门，笑眯眯地把雷郑宇迎进屋子："好说好说，不过，你为什么偏偏要租我的房子呢，你有钱，什么样的房子租不到呢。"

"我是来问她要债的，她弄坏了我一个东西，还抢走了我一个东西，不过这你就别管了，你租给我房子，我给你钱，不就行了。"雷郑宇说完从包里取出一叠红灿灿的钞票放在桌子上。

老女人朝手上吐了口唾沫，要拿钱来数，雷郑宇说："这还用数，你看这钱的厚度也该知道足够交那点房租了吧。"

老女人嘴上说着足够足够，手里还是把钱大致上数了数，才心满意足地塞进口袋里。

"那，这是钥匙，就住二楼，你直接进屋，等小菲回来我跟她说一声就行。"老女人拿出一枚钥匙递给雷郑宇。

雷郑宇打开二楼的房门，刚打算换鞋，眼前的景象让他不敢继续迈步——没有倒干净的方便面还放在茶几上，沙发的靠背上甩着一副 Bra，书架空空如也，报纸和杂志却堆在墙角。雷郑宇把鞋带系好，直接踩进屋子。

如果让雷郑宇知道就这丧尽天良的环境质量还是钱小菲几天前刚悉心治理过的，估计他也没胆量进入钱小菲的奇幻世界了。

戴上帽子，穿好围裙，打开窗户，放水，收拾……

两小时后，雷郑宇把一个无容身之地的鸟巢打造成了国家体育馆的鸟巢，为了强调衬托，钱小菲那副挂在沙发上的 Bra 依旧挂着，雷郑宇瘫在沙发上，看着 Bra，想我这哪是来要债的，简直是还债的嘛，直哼苏轼《和子由除日见寄》，"感时嗟事变，所得不偿失"。

夺走雷郑宇手机后的钱小菲也很恐慌，之前自己一直是偷抢拐骗行动中的被动，今天成了主动，还不能适应。雷郑宇的手机是 iPhone，比自己的山寨货爱 Phone 高级许多，钱小菲听说这手机有防盗系统，能够拍下盗窃者的样子直接上传到公安系统的网络上，然后警察直接出动追捕，将犯人绳之以法。

既然是通过拍摄手机持有者的容貌获得资料，那把摄像头挡住不就完了？钱小菲为自己的才智过人庆幸，从包里抽出一创口贴遮住屏幕上方的摄像头。

这下齐活了！钱小菲把自己的手机卡插在雷郑宇的手机上，一股欺男霸女的快感油然而生，土匪潜质终得到展现。

钱小菲启动手机，打算将雷郑宇所有的资料和应用程序都删除，这样即便日后被捉住，死不承认便可。

删到照片的时候，有一张被加了密码，孤零零地存在手机里。钱小菲好奇地打开照片，一妙龄女子穿着洁白的纱衣站在巨大的城墙下，单薄的侧影正是钱小菲梦寐以求的身材。

这个死变态，到哪都不忘拍美女，还加密，删都删不掉。无奈，钱小菲只好让这张照片苟活在手机里。

回家途中经过银行，钱小菲用取款机查了查信用卡里的余额，三张信用卡加起来还不过一千块，真够惨的，想想自己上午还施舍给人家一百块，真是打肿脸充胖子。看来要等工作满月后拿到工资才好去交房租。

钱小菲犹豫着要不要再去跟房东撒娇拖欠几天，想了想还是放弃，打算继续实行"敌进我退"的迂回式作战方针，因此回家的时候她把脚步声限制到最小，一点灰尘都没扬起，生怕惊扰到房东。

站在家门口，刚要掏钥匙，钱小菲发现房门是虚掩着的，里面有叮叮当当的声响。虽然家里一点值钱的物品都没有，但想到自己还是个黄花大闺女，多少有些洁癖，被贼翻过的屋子简直住不下去。

钱小菲轻推开门，看到地上整齐排列着几只黑色塑料袋，一男人正握着杯啤酒坐在沙发上看电视。

好家伙，心理素质真好，偷完东西打包好居然还有闲心看电视，还喝啤酒，尼玛，生活质量比姑奶奶我都强！想到此处怒火中烧，钱小菲拾起一双拖鞋冲进屋子，大喊一声"啊——"给自己助威。

雷郑宇回过头，阴影袭来，鞋底重重地砸在了他的脸上。

拖鞋从雷郑宇脸上滑落，钱小菲看清了他的样子，做出一奥特曼的姿势："你?！你怎么会在我家里?！"

一行鼻血流出，雷郑宇抽出一张面纸堵住鼻孔："我在等警察呢，弄坏我的镜头，还抢走我的手机，你束手就擒吧。"

"那你呢，私闯民宅，入室……反正入室了，也是犯罪！"

"用词不当哦，我是入室了不假，可没有闯哦，闯是什么概念，我是大大方方拿着钥匙开的门。"雷郑宇在钱小菲眼前晃了晃手里的钥匙。

"你偷我钥匙！"钱小菲伸手欲抢。

雷郑宇将手举高，任钱小菲怎么跳也够不着。

"我报警了！"钱小菲恐吓道。

"你报警？好啊，不过警察来之前，你最好把你的内衣先收起来。"雷郑宇说着瞟了瞟挂在沙发上的 Bra。

钱小菲看见自己的 Bra 被雷郑宇赤裸裸的目光灼烧着，更加羞恼，大呼："我真要报警啦！"

"报你个头的警啊！"门外传来雄浑的女低音，一楼房东换了件低胸睡衣走进屋子："钥匙是我给他的，你都欠三个月房租了，要不看在你妈和我是老同学的分上，我早赶你走了，现在有这么一大帅哥帮你垫付房租，你还得瑟，真不知好歹。"说罢朝雷郑宇身上靠了靠。

雷郑宇急忙躲闪："大妈，其实……"

"大妈？"房东脸色骤变，胸脯抬得更挺了。

"不是，阿姨……"

"阿姨？"

"也不是，大姐，哦，姐姐，姐姐对了吧？"

房东白了雷郑宇一眼："看在你帅的分上就饶了你。"转而又对钱小菲说："小菲，我已经把房子租给他了，谁出得起房租这房子就是谁的。"

"下个月我一定能给你房租，我已经找到工作了。"钱小菲恳求道。

"下个月，你说过多少次下个月了，等下个月你把房租补上，再当家做主吧。"房东说罢扭着肥硕的屁股离开。

钱小菲使劲抓住 Bra，怒视雷郑宇。

"放心，我不会住那么久的，我来这边呢，纯粹是体验下生活，顺便奴役你一下，你弄坏了我的东西，就要补偿我。"雷郑宇绕着钱小菲转了几圈。

钱小菲捂住领口，胆怯地问："怎么补偿你啊？不会是肉偿吧？"

雷郑宇故意哈哈大笑："肉偿？嗯——也是个不错的选择。"

钱小菲又拿起拖鞋甩向雷郑宇，雷郑宇早有防备，一下抓住她的手腕，钱小菲挣脱不了，骂道："流氓！"

"世上可没有我这么文明的流氓哦，作为见面礼，我已经帮你把屋子收拾过一遍了。"雷郑宇松开钱小菲，慢条斯理地说："不过，见面礼只有一份，从现在开始，所有的家务活都交给你了，这原本就是你分内的事，我比较爱干净，因此你每天都要打扫，就像我今天给你做出的示范一样。除此之外，一日三餐也必须为我准备好，我生活很有规律的，我希望你，作为寄居者，也能符合我的行为准则，这是起码的条件，你能接受吧？"

"接受你妹！你当我是什么呀！"

"寄居者咯，不然你以为是什么？"

"我是有尊严的。"

"我给你尊严了，不然我早将你扫地出门了。"

"你……"

"别抱怨他人了，你要是表现得好，我就不追究手机的事了，就权当是给你的额外奖励。"

"那手机本来该你赔我。"钱小菲说这话时底气不足，好像只要自己听见认可就行。

雷郑宇看了看手表："时间不早了，去做晚饭吧。"

"家里没菜也没米，泡方便面行吗？"钱小菲抬杠道。

雷郑宇不吃这套，走进厨房，拿出一只布袋扔给钱小菲："出去买！"

钱小菲从来没把自己和买菜这件事联系在一起，在她看来，买菜就跟织毛衣一样，属于十分家庭十分私密的事，应该是结了婚以后和老公两人手挽着手一起逛菜场、一起杀价、一起满载而归，然后做出爱的佳肴，幸福地分享。可现在，居然就把自己买菜的第一次献出去了，也太亏了。

"你想什么呢，嘀嘀咕咕的。"雷郑宇问。

"管你屁事！"钱小菲两手插在口袋里，直视前方，不看身边的雷郑宇。

"小姑娘年纪不大，脾气倒不小，说什么好呢，生活就是这样，不可能随心所欲，既然无法改变，就要学会享受。"

"本来本姑娘我找到新工作，心情挺好，没想到又碰上你，还被你粘住了，我享受得了吗？"

"你还不情愿了呢，就好像我是故意要粘着你似的，要不是你，我的相机也不会坏，要没有我，你今晚就要睡大街了。你自己权衡一下吧。"雷郑宇加快几步，超越了钱小菲，留下一个背影。

芥蓝，茄子，芦笋，空心菜。

钱小菲瞧着清一色的蔬菜，一点食欲都没有："你是素食主义者吗？"

"不是，我是杂食动物。"雷郑宇继续挑菜，头也不回地答道。

"那你怎么买的都是蔬菜呢？"

"晚餐嘛，清淡点好，对了，家里有冰块吗？"

"没。"

"那，芥蓝就给我做成白灼的吧，以后记得在家里备些冰块和芥末，我更喜欢冰镇的。"

"真挑剔！"

"人活着不就为了吃吗。"

"哼，情趣还真高雅，表面上是个摄影家，装文艺范儿，其实是个吃货。"好不容易逮着反击机会，钱小菲哪能放过。

"非也非也，艺术家也是人，是人就有果腹之欲，这很正常，你别神话我好不好。"

"神话？哼，你就一笑话。"钱小菲为自己的措辞得意地笑出声来。

"芦笋给我做成上汤的，家里有松花蛋吗？"

"没。"

"没有就去买，还有，空心菜我喜欢吃泰式的，家里有虾酱吗？"

"没。"

"这也没有那也没有，那家里有什么呀，不会连米也没有吧？"

"没，还真没米。"

雷郑宇按了按太阳穴，想发作，但硬忍住了："那就买点米吧。"

路过半成品柜台时，雷郑宇注意到钱小菲对柜面上陈列的牛排的恋恋不舍，眼中尽是对荤菜的饥渴。

"想吃就买吧，别老盯着了，牛排都不好意思了。"雷郑宇挑了一块切得比较薄的牛排递给店家。

钱小菲心满意足，说："买都买了，干吗不买厚点的？"

雷郑宇像看门外汉一样看钱小菲："小姐，牛排太厚不容易煎知道吗，而且家里的烹饪道具也不是专业的，不然表面都焦了里面还是生的，这可不是几分熟的问题。"

钱小菲自暴了短处，无力争辩。

为了避免意外，雷郑宇索性将做晚饭需要的全部调料买齐，而钱小菲的任务就是跟在身后帮忙提袋子。

当天的晚饭自然不是钱小菲主打，雷郑宇以不浪费食材为名，亲自下厨，其间特意放慢了动作，目的就是让钱小菲能仔细看清楚，今晚一过，钱小菲就要彻底陷入女仆的角色。

"左手叉，右手刀。"雷郑宇扫盲一般告诫钱小菲。

钱小菲不以为然地切着牛排，说："谁定的规矩，我就不信没人左手刀右手叉。"

"还真就有。"雷郑宇说："印度人就是左手刀右手叉。"

"你才印度人呢，你们全家、全小区都是印度人！"钱小菲丢下刀叉，直接用筷子拣着吃。

雷郑宇草草吃了几口，离席，坐回沙发上，打开笔记本电脑："吃完把碗跟筷子洗了。"

"我明天再洗行吗，今天实在太累了，心力交瘁啊！"钱小菲侧脸靠在桌上，泪眼婆娑地望着雷郑宇。

"不行，明日复明日，明日何其多，你若今天不洗，明天也不可能洗。你但凡有点觉悟，也不可能把这屋子糟蹋成猪圈。"

"切！洗就洗！"

钱小菲将碗筷垒在一起抱好，钻进厨房，里面传来哗啦啦的水声。

雷郑宇洗完澡走到客厅，一边擦拭头发，一边斜眼看钱小菲。钱小菲没察觉到男人的目光，正傻呵呵地看美剧。

"我要睡了，麻烦你声音小一点。"

钱小菲抬起头，看见雷郑宇穿着宽松的睡衣，没想到竟如此养眼，不但身材完好，面容也很具有立体感。

"知道啦！"钱小菲关小音量，戴上了耳机。

楼下传来卷帘门的摩擦声，商铺逐一关闭，只剩下路灯照明，不时有几声犬吠和主人的训斥。

钱小菲躺在床上，想睡，但失眠，她试图聆听隔壁的动静，但雷郑宇太安静，没有一丝破绽。

怪人！钱小菲想，转了个身，床板发出"咯吱"一声。

第三章

赴 新公司的第一天任职是以活受罪作为开端的。

出门之前，钱小菲一直犹豫要不要换上那双只穿过四五次的高跟鞋。这鞋已经有了好几年的历史，是当年她大学毕业找到第一份工作时买的，买的时候无限憧憬，觉得自己很快就将成为偶像剧里的职业女性，一身黑装，配白色的衬衫，背名牌皮包，踏高跟鞋，最重要的是，通杀十六至六十的全体男性。

所谓理想与现实是存在差距的，这双被赋予重大使命的高跟鞋平均一年还没穿过一次，只有每次换新工作的时候才派上用场，使用率极低，而且每次穿着高跟鞋挤公交和地铁都像上刑似的，脚踝扭伤、小腿酸胀、肢体僵硬。

但高跟鞋对女生还是具有诱惑力的，立马能够将钱小菲从一米六几拉到一米七几，质变。

不过打击也是随之而来的，钱小菲刚换上鞋，雷郑宇的嘲讽就拍马赶到："呀，好隆重啊，把假肢都接上了。"

高跟鞋在某种意义上的确和假肢一个概念。

钱小菲不愿一大早就浪费口水，愤然离去，关门的那一刻，她听见雷郑宇叫道："早饭呢？"

所谓祸不单行，钱小菲像穿越火线一般从公交车上存活下来，挪到写字楼一楼的大厅，得知电梯出了故障无法使用，物业正在全力抢修。

穿高跟鞋爬楼，而且一直要爬到顶层，那还不如去登山！钱小菲感到天崩地裂，然而更加让她想要寻死的事是，当她爬完楼梯从安全通道扶着墙走出来时，听见清脆的"叮咚"一声，接着电梯门打开了，几个花枝招展的姑娘有说有笑地钻出来——前台小姐告诉她，就在她爬楼梯的这段时间内，电梯修好了……修好了……好了……了……

好高效的物业啊！钱小菲面无血色地徘徊到自己的办公桌前，一屁股坐下，赶紧把高跟鞋脱了，这鞋简直就是脚镣。

再看看别的女同事，都是穿着平底鞋上班，到公司后才换上准备好的高跟鞋。

有经验！有见地！钱小菲佩服得五体投地。

有钱的公司出手就是阔绰，不仅满足了钱小菲的薪水要求，而且工作内容轻松，每天的任务就是上网收集些时尚信息，随便写点个人看法，其余时间就喝喝咖啡、翻翻杂志，快活十足。这种状态已经很逼近钱小菲对职业女性的幻想了。

反倒是下班后的时光令她不爽，因为家里多了一个陌生男人，所以再也不能像以前那样肆无忌惮，而且要长时间面对雷郑宇那张枯燥的脸，钱小菲感觉自己都要便秘了。

没了手机，雷郑宇反而觉得轻松了很多，渐渐克服了手机依赖症。上午睡到自然醒，收拾完毕后出门拍点自己喜欢的东西，中午随便吃点，下午去趟菜场，把晚上想吃的食材准备好，等钱小菲回家伺候。

钱小菲不愿做饭，下班后故意拖得很晚才回家；可哪想雷郑宇如冬眠的动物一样耐饥，坐在沙发上一声不吭地修改照片，厨房里则堆好了已经洗净的食材。

"去做饭吧。"雷郑宇发号施令从容不迫。

钱小菲百分之二百五地不情愿，把手里的西红柿当作雷郑宇的头，使劲挥刀猛砍案板。

雷郑宇不为所动，戴上了耳机。

钱小菲稀里糊涂地做了几道菜，盛进盘子里的时候闻了闻，感觉还不错，招呼雷郑宇来试吃。

雷郑宇尝了一口，若有所思，说："钱小菲，我不管你是怎么把菜做出来的，总之，面前这几样菜，随便哪个，你要是能吃三口以上含三口，我以后就再也不要你下厨了。"

"当真？"钱小菲欣喜若狂。

雷郑宇点点头，把筷子递给钱小菲："君子一言……"

不等雷郑宇把成语说完，钱小菲接过筷子拣了一大口西红柿炒蛋扔进嘴里，嚼了两下，感觉不妙，味蕾受到严重惊吓，想吐，但看到雷郑宇那张写满"怎么样？吃不下去吧，你就终身为奴吧"的脸，狠心，一鼓作气，生猛地咽了下去。

钱小菲的坚韧出乎雷郑宇意料："可以啊，意志力不错，来，再来两口你就解放了。"

"来就来，谁怕谁啊！"嘴上虽不服，但心中已畏怯。看着雷郑宇拣来的第二口，钱小菲就像被当到地主家的小媳妇，从了。

"不错，有点能耐。"雷郑宇看着钱小菲把第二口菜咽下去，自己都差点恶心地吐出来。

"还有最后一口了。"钱小菲感觉视线有些模糊，雷郑宇分身成了两个，好在大脑清醒，佩服自己随便烧个菜也能有制作出毒品的效果。

此时雷郑宇也有点拿不准了，他没想到这姑娘的忍耐力强大到如此境界，这么难吃的东西也能咽得下。

"来吧，最后一口！"钱小菲抱着就义的态度仰起头颅。

没等雷郑宇拣起菜，钱小菲眼前彻底黑暗，脚下一晃，跟踢足球时做假动作似的。

雷郑宇及时上前抱住，僵持了几秒才反应过来，事实是，这姑娘吃了两口自己做的菜，就昏迷了，这菜的杀伤力该有多大啊。

钱小菲再次睁开双眼，发现自己正睡在卧室的床上，一扭头，看到雷郑宇坐在一旁打电脑游戏，异常投入。

"你对我做什么了？"钱小菲问道，她支撑着想坐起来，但浑身无力，完成不了这样的动作。

雷郑宇听到钱小菲说话，转过身，像考古学者鉴别古物一样看着她，说："你问我对你做了什么，我还想问你对我做什么了呢。如果吃下三口菜的人是我，估计不仅仅是昏迷的问题了，该直接拖殡仪馆了。"

钱小菲记忆还在，她想起之前发生的事，第一反应是赌输了，要终身为奴了，顿时悲伤涌上。

"以后，我也不要你做菜了，你就是做了，我也不敢吃，以后还是我来吧，真不知道像你这样的小姑娘，除了吃跟睡，还能干些什么。"雷郑宇说着走出卧室。

不需要再做菜本是值得高兴的事，但不知为什么，钱小菲听到雷郑宇最后那几句埋怨，竟然没有要一争高下的冲动，反而觉得这个男生说的很在理，好像自己除了吃跟睡，还真的不会做什么事了。承认这样的现实，实在很凄凉。

隔壁又陷入了寂静，钱小菲被伤了自尊，竟然连擅长的睡觉也不那么拿手了，索性坐回桌旁，打开网页浏览器，进入一个购书网站，在搜索栏里写下"菜谱"两个字，认真研究起来……

前一晚研究菜谱走火入魔，以至于在梦境中直接"绿坝"了闹铃声，钱小菲一觉睡到自然醒，伸个懒腰坐在床上，窗外阳光普照，把屋子晒得暖烘烘，特幸福，不过这也意味着——中午。

钱小菲"啊——"的一声冲出房间，感觉下身凉飕飕，低头一看，自己只穿了条内裤。雷郑宇坐在书桌边写邮件，看到此等诱惑"大餐"，特意把眼镜戴上以便看得更清楚。

"流氓！"钱小菲扔了只拖鞋过去，砸中雷郑宇的电脑。

"我流氓？拜托，你自己赤裸裸地冲出来，居然还说我流氓，应该是我告你才对吧，难不成，想让我帮你拍张特写？"雷郑宇说着拿起相机，钱小菲急忙闪躲。

"你今天几点醒来？"钱小菲躲在墙后，探出头来问。

雷郑宇想了想，说："八点左右咯。"

"那你为什么不叫我？"

"我有这义务吗？"

"没人性！"

"白眼狼！"

"你说谁白眼狼?"

"你啊!我叫你了,可你哪叫得醒啊,把闹钟放你耳朵边响你都无动于衷。我本来想把你睡觉的样子拍下来做证据,但那样你肯定又会说我是偷窥狂。"

钱小菲无语,只能干咽口水。

"那现在怎么办?这都……"钱小菲看了看挂钟:"这都快12点了,这哪是迟到啊,根本就是旷班嘛!"

雷郑宇看到钱小菲的可怜样,动了恻隐之心,说:"你先把裤子穿上。"

"都什么时候了还穿裤子!"钱小菲心烦意乱道。

"穿上裤子跟我去医院。"雷郑宇把挂在椅背上的长裤扔给钱小菲。

钱小菲一边穿裤子一边问:"去医院干吗?"

"开病假单啦。"

"病假单?"

"你是真傻还是装可爱啊,你旷了半天班,公司肯定不放过你,你不去医院开个病假单能躲过去吗?"

"可我没生病呀,人家医生能给我开吗?"

"所以你要跟我走啊,还不快点。"

从外观上看,眼前这幢别墅模样的建筑绝不会让人意识到是一家医院。

"哎呀,你带我,带我来这,干,干什么呀?"钱小菲话说得断断续续,装成病入膏肓,还咳了两声。

"现在有什么好装,留点力气到公司再装吧。"雷郑宇把钱小菲拉了进去。

钱小菲跟在雷郑宇身后，这家医院的内部陈设比她之前去过的任何一医院都要精致，这哪是医院啊，这简直就是星级酒店嘛！钱小菲陶醉在幽雅的环境中。

上到三楼，钱小菲看到门诊牌上写着"妇科"二字。

"妇科？"钱小菲拉住雷郑宇。

"是啊，你今年多大了？"雷郑宇问。

"二十六！"钱小菲答道，面对雷郑宇不信任的眼神，又补充了一句："周岁。"

"无所谓周岁还是虚岁啦，过了十四周岁，就算是妇女了，你知道吗？"雷郑宇又摆出一张扫盲先生的脸。

"不知道！"钱小菲极度抵触。

"以前不知道，现在知道啦。"

"但你也不能带我来妇科呀，这多……"

"神经病，我都不嫌弃你，你居然还这么讲究，你不来妇科，那打算去哪个科？要不带你去脑科吧，看看你脑子是否正常。"

两人正吵着，妇科门诊里走出一女医生，这女医生一点不像钱小菲事先预判的那样，在钱小菲的世界观里，在妇科里待着的女医生往往都是变态级的，而这个女医生简直……说得难听点，就是制服诱惑嘛。

"阿宇？"女医生试探着叫道。

雷郑宇回过头，两人认出彼此，相互拥抱。

女医生打量着雷郑宇和钱小菲，打趣道："又是哪个纯情少女被你迷惑了，不会是来……"

尽管女医生的话还没说完，但钱小菲已经联想到贴在电线杆上或女厕所里的诸如"无痛人流"之类的字眼了。

"什么纯情少女，不过是我的室友罢了，今天她睡过了头，麻烦你开张病假单，让她蒙混过关。"雷郑宇说着向钱小菲投来鄙视的目光。

女医生笑而不语，招呼他们进诊室。

"那我就给你开个经期的病假吧，女孩子嘛，比较正常。"女医生在病历本上涂写着。

钱小菲支支吾吾不好意思，女医生又呵呵一笑，开导道："别害羞，雷大公子什么没见识过，多相处相处你就知道啦。本来也可以给你开个齿科的病假，但我看你这个小姑娘一口白牙没什么问题，省得露馅，就经期病假好了。"女医生没有把病假单交给钱小菲，而是递给了雷郑宇。

雷郑宇接过病假单，草草说了句："有空约你吃饭。"

女医生回敬道："就只是吃饭？"

钱小菲眼看两人在那打着哑谜调情，自己也略懂一二。

既然开了病假单，那这一天也就不用去上班了。从医院走出来后，雷郑宇往钱小菲身边靠了靠，还顺势搂住了她的腰。

钱小菲第一次被男人搂腰，一下敏感了，但突然想起女医生和雷郑宇的调情，以及那句"多相处相处你就知道啦"的忠告，清醒地甩开雷郑宇的胳膊。

"你干吗，想占我便宜，别以为帮我一次就可以胡作非为！"

雷郑宇不屑地说："占你便宜？你有什么便宜值得我占。我是想，既然开了病假说身体不好，那就得装得像点，这路上人来人往，说不定就有你公司的人，要是被人看见你活蹦乱跳的跟蚂蚱一样，谁会相信你生病。"

钱小菲泄气，任由雷郑宇揩油般搂腰。经过这几天的斗争，钱小菲最大的经验，或者说教训是：永远不要质疑雷郑宇。结论——钱小菲完败。

同样是二十四个小时，但不上班的一天过得奇快。

离开医院后，两人去了菜场，中午雷郑宇下厨。在经过昨晚的中毒事件后，雷郑宇在厨房门上画了张招贴，意思是生化物品与钱小菲不得入内，连接水拿鸡蛋这样的事也不让她做。

钱小菲很想把通宵在网上看的关于做菜的心得在现实中展现一次，一雪前耻，但雷郑宇不答应，说等自己不在这屋子的时候，随便她怎么糟蹋。钱小菲想，什么叫一雪前耻呀，就是要当着你面完成才行，你都不在了，我一个人有什么好忙活的呢。

雷郑宇做菜的时候一言不发、一丝不苟，举止娴熟得跟电视里经常放的那个新东方烹饪学校广告里的师傅一样。

钱小菲站在厨房门外，保持着与雷郑宇两米左右的距离，问："你怎么这么严肃啊，平时不苟言笑，做菜的时候居然也一副石佛模样，有必要吗？"

"没办法，习惯了，我做事都很认真的，只是你不了解而已。"雷郑宇果然很认真地回答了问题。

"我当然不了解啦，我跟你又不熟，那……今天那个女医生和你什么关系啊？"

雷郑宇迟缓了一下，说："同学关系。"

"同学"，这个原本单纯而美好的词语在进入新世纪后，就跟"兄妹"一样，是一种掩盖男女不正当关系的法宝，也是滋生男女不正当关系的沃土。

"切，就这么简单？我才不信呢，我都能感受到那女医生灼热的目光了。"

"真的只是同学。"雷郑宇停下手里的活，转过身面对钱小菲说："在美国念书的时候认识的，毕业后她回国，在这个城市里的私立医院工作。我们偶尔有联系。"

"哦，那你呢，你没有回国？"

"我……没有，其实我的国本来就不是这里，我出生在加拿大。"

"哦，你就是传说中的华裔，看起来也跟我们差不多嘛。"

"我父母那代去的国外，所以我不是那种很地道的 ABC。"

看着雷郑宇诚实的眼神，钱小菲挖不到槽点，词穷了："那……你的菜烧焦了！"说着面露喜色，所谓看到自己做不了的事被别人搞砸也是不错的感觉。

雷郑宇轻蔑地哼了一声，直接把菜盛了出来："我已经把火关了，笨蛋，以为我是你啊，没脑子。"

钱小菲坐回客厅，跷起二郎腿，再也不多管闲事，只等雷郑宇的"全套"服务。

回到公司的第一件事就是把病假单上交给 HR，结果 HR 告诉钱小菲这不归人事部管，要她找部门经理；钱小菲转战到部门经理办公室，部门经理出差不在，秘书说这种小事根本不需要请示经理，丢给直接上司即可；钱小菲道谢，去找上司，上司还不知道有她这号人的存在。

这是一个可悲与可喜交加的事实，让钱小菲怀疑自己不是在

"魅力"，而是在"有关部门"上班。

午饭选了楼下 Family Mart 的便当，吃到一半钱小菲就怀念起了雷郑宇的手艺，将眼前盒饭里的菜和脑子里幻想出的雷郑宇做的菜结合一下，胃口增大不少。

不过人类就是这样，需要的时候利用一下，利用完毕便卸磨杀驴。钱小菲利用对雷郑宇厨艺的幻想吃完便当，深觉不妥，有一种跟男朋友亲热时却想着别的情人的感觉。

钱小菲走到休息室里翻阅娱乐杂志，一个同事打来电话，说高沙沙小姐请她去办公室一趟。钱小菲还没将公司各部门的位置搞明白就遭遇突袭，只好问同事高沙沙的办公室在哪？同事说在亚太区总裁助理办公室。

亚太区……总裁……助理……钱小菲站在办公室门外酝酿了一会儿，轻敲了几下门。

"请进。"高沙沙的声音传来。

钱小菲推门而入，高沙沙背对着她，坐在转椅上，望着窗外的蔚蓝世界。

人与人的格局是不同大小的，高沙沙的世界在外面，属于无限的，而钱小菲觉得此生能有个像高沙沙现在的独立办公室就够了。就像电影《大腕》里葛优一边抛着小石子一边对关芝琳说：你，只能看这么点远，我能看这么远，泰勒能看那么远，而佛，可以看无限远。

"高沙沙小姐，你找我？"

高沙沙回过头，看着钱小菲，这种看法让钱小菲更加不自然。

"小菲，好久不见哦。"高沙沙如熟人般问候。

钱小菲仔细审视高沙沙，使劲从脑海里捞记忆的贝壳："你是……高……顶兄？"

高沙沙无奈地摇摇头："拜托，你知道就好了，干吗还要再提那个老土的名字。还不是我妈生了我这个女儿觉得没用，希望我像个男生一样，所以才叫'顶兄'的嘛！"

"真的是你，哇——我真的认不出你了。"钱小菲万分惊讶。

"我倒是一眼就能认出你。"

"因为我没有变得像你那么漂亮嘛……怪不得，所以你才在面试的时候那么卖力地保我。"钱小菲生出一种不正当竞争的罪恶感，尽管这个社会到处都充满着不正当竞争。

"哎，不是这个道理哦，选择雇用哪个应聘者，不是这么感情用事的，我选择你，不是出于私人情感，你别搞混咯。"高沙沙实话实说。

"你这么说我还踏实点呢，我被分配到了客户部，以后请多关照。"钱小菲向高沙沙鞠躬。

"其实我对这家分公司也不是很熟，我刚从美国调回来，也在适应期呢。"

"你好歹是亚太区的总裁呀！"

"总裁助理，别说错了，虽然是场面上的称谓，但还是要讲清楚的。"

"反正……你比以前漂亮多了。"此言一出，仿佛是在表示高沙沙之前不漂亮，钱小菲又连忙纠正："人家都说女大十八变，你绝对变好看了，我还是那副样子。"

高沙沙享受着钱小菲的夸赞："魅力公司嘛，要是自己人都不漂亮，那哪有说服力呢？"说完站起身，走到钱小菲面前，精致的五官加上魔鬼的身材，让同为女性的钱小菲都咽口水了。

"是不是公司有独家秘密美容大法，把你打造得这么漂亮？"

高沙沙双手搭在钱小菲肩头："别老想着投机取巧好不好，减肥、化妆、服饰搭配，很多方面的，你学会了也可以和我一样。"

钱小菲直摆手："不不不，我成不了你这样，你是大明星，我是小麻雀。"

这种谦卑的态度十分讨好高沙沙，高沙沙拉起钱小菲的手说："我们一起去熟悉下公司吧。"

两人所到之处，众人无不站定行礼。

"沙沙姐好！"

"沙沙姐您好！"

"好漂亮啊沙沙姐！"

"沙沙姐你今天的气色真棒！"

"沙沙姐，这位是……"

"钱小菲，新来的同事，我的好姐妹。"

"哦，小菲姐！"

钱小菲跟在旁边，那些赞美之词如阳光洒在高沙沙这颗璀璨的地球上，而她作为环绕地球的月亮，也反射了光芒受到恩惠，第一次被人叫"姐"。

"别往心里去，也别太臭美，这些人表面上嘴甜，把你捧得跟他们亲姐姐似的，还不知道背地里怎么埋汰你呢。"高沙沙带着钱小菲走上天台，谆谆教诲着。

"我知道，我也不是第一天进社会了，我懂。"

"别相信任何人，这只是个工作的地方，别期待办公室恋情，同样，也别期待办公室友情。"

高沙沙说话的态度和姿势让钱小菲想起一个人——雷郑宇，都是一副高高在上我就是真理的样子，尼采转世。

两人身在巅峰，一起俯瞰城市，高沙沙望着画有自己的巨幅海报出了神。

"这种感觉究竟是怎样的啊？"钱小菲问。

"嗯？"

"看着海报上的自己，当你不再是一个渺小的个体，而是一个万众瞩目的巨星的时候。"钱小菲满脸的憧憬。

"巨星……不论是哪种星星，都会陨落的。"

"所以你就选择了美容行业，希望永葆青春永不陨落？你看现在的人啊，不论男女，胖人要美容，瘦子也要美容，年纪大的要美容，小毛孩也美容。"

高沙沙哈哈大笑，说："这难道不是正常的事吗？不美的想变美，美的想更美，更美之后还想完美，完美了也还有老的那一天，所以啊，只要人不知足的心存在，对美的追求就不会消失。"

钱小菲很赞成，连说："的确，有道理，这样看来，魅力公司的前途一片光明啊，我真是选对了。"

"每个人都有属于自己的独家魅力，关键是看你怎么把自己的魅力散发出来。"

"我啊，我还是觉得自然美纯天然的最适合自己，花里胡哨的东西我玩不来。"

高沙沙故作生气状："小菲，你这样的态度和公司的宗旨是有出入的哦，你要知道，魅力公司就是美丽工厂，美丽就是我们赖以生存的产品。"

回到公司，钱小菲看见一群人围着客服部办公室，连其他楼层别的公司的员工都来看热闹，当中一个又丑又胖的中年女人正破口大骂："什么美丽工厂，我看是毁容工厂才对！"

客服部的美眉们赔着笑脸倒着咖啡，人群中一个穿透力极强的声音传来："你这长相，毁容就等于整容，权当是旧城改建，要我说，拆了算了。"

"谁？谁这么缺德？"中年女人回头张望，都是千篇一律的脸，根本找不到声源。

于是又一个声音传来："什么拆了算了，跟土匪似的，你不知道现在正提倡保护文物啊！"

"谁？说谁是文物？"中年女子几乎要发狂。

"就是，你说谁文物呢，你有见过这样的文物？造出这模样的东西，古人也不好意思埋土里呀，直接销毁得了。"

"谁？究竟是谁？有种站出来，老娘我……"中年女人叫喊着，突然想起今天的主要斗争方向是魅力公司，便重新调整好枪口，冲客服美眉："我告诉你们，你们今天要是不给我一满意答复，我就去找电视台，我去找媒体，曝光你们，我这老脸也豁出去了，好歹混成个名人！"

客服人员急忙打电话叫人，话筒刚放下，中年妇女身后站出一身材修长的男士，皮肤白净，头发简短，抹着唇膏，涂着眼影，穿一长筒靴。

"你谁啊？"中年妇女问。

"谁啊？"钱小菲也问高沙沙。

"曹总，亚太区总裁曹总，我老大。"

曹总伸出一根手指堵住中年妇女的嘴巴，娇嗔地摇摇头，围绕着她转了一圈，还不时地戳戳她的肌肤，最后，摆出兰花指造型说道："陈太太，您的皮肤比一般人要好很多，瞧，白嫩如霜，晶莹剔透，怎么说也有……三十了吧？"

"哼，还真会拍马屁，我都五十五了！"陈太太好像没吃曹总那套。

"五十五？ Oh my god！"曹总夸张地捂住自己的脸，害羞似的说："怎么可能，您不说，我绝对不会想到您已经五十五了。"

"是啊，不是五十五，是二百五。"人群中那个熟悉的声音又响起。

曹总清了清嗓子，说："所以呢，您出的问题属于个体差异。"

陈太又要发作，被曹总按住："不过您放心，即便是个体差异，我们也一定会负责到底！"

"怎么负责？"说这话的时候像极了女儿被生米煮成熟饭后的丈母娘。

"我们将请公司的首席生物科学家陈嘉荣教授亲自为您制定治疗方案，陈教授可是今年贝斯特科学大奖呼声最高的候选人哦，是最严谨负责的科学家，而且和您同姓，也算本家，绝对值得您信任。"

"是吗？"陈太松动了。

"陈教授一对一的疗程好多明星想约都约不到呢！"客服美眉补充道。

陈太太终于松开了老脸，但还装着推辞："这……多不好意思啊，我又不是明星。"

曹总一把握住陈太的手，带着责备的语气说："您怎么能这么说呢，谁说您不是明星？每一个魅力的客户都是我们心中的明星，恭喜你，获得了陈教授一对一的美容疗程。"

客服人员立即打电话约陈教授，陈太太手舞足蹈地被引向休息室。热闹完毕，围观的众人作鸟兽散。

高沙沙带着钱小菲随曹总走出人群。

"你真坏，刚才那么紧急的状况，你居然在一边看笑话。"曹总白了高沙沙一眼。

"这种小事情，曹总您还不是信手拈来吗，哪还需要我这种小角色掺和。"

曹总微微一笑，看着钱小菲问："这姑娘是谁？"

高沙沙答："她叫钱小菲，是新来的客户部的新人。"

曹总和钱小菲握手："你好。"

"曹总你真厉害，这么难缠的角色都给你轻松搞定了。"钱小菲奉承道。

"小意思啦，大家都是女人嘛，谁还不懂呢，女人可以不怕死，但不可能不怕老，你们说对吗？"

钱小菲陷在曹总那句"大家都是女人嘛"中无法自拔，好在高沙沙填补了空缺，夸曹总真了解女人，比女人还了解女人。

曹总的手机有来电提示，他和高沙沙钱小菲道别，告诉她们一会儿会议室集合，有关于陈教授的新品介绍。

钱小菲说："虽然曹总看上去阴阳怪气的，不过人还算好，没什么架子哦。"

高沙沙既不肯定也不否认，说："他是'魅力'亚太区的总裁，同时也是美国总部董事副总裁的候选人，如果哪天可以成功当选，这辈子就算功成名就了。"

"你比曹总年轻，人又漂亮，或许，你将来的成就会比他更高呢！"

高沙沙笑了笑，说："那就借你吉言啦，不过，我的理想或许还没那么大，可能在你们看来，我是一个很有野心的女人，但其实，并不一定。"

钱小菲感受到高沙沙的真诚，说："我知道，我们毕竟是同学嘛，其实我的理想也很简单，我就想自己开一家小店，卖卖饮料，再卖一些小玩意，然后赚了钱就去环球旅行！"说着伸展双臂，像一个孩子梦想着童话故事。

"你果然还是没有变，你的这个理想和当年一样。不过理想终究是理想，是需要现实基础的，今年的成绩对曹总，对我，对陈嘉荣教授，都是十分重要的，所以我们要通力合作。"

钱小菲用力地点头："嗯，我来面试的那天还见到陈教授了呢，和电视上一样有精神。"

高沙沙看着墙上陈教授的宣传画，露出痴迷的眼神，说："没错，就是他，'魅力'绝不可少的金字招牌。"

钱小菲察觉出高沙沙对陈教授的另类好感，但想了想到底还是没有说破，两人一起走向会议室。

之前的电话明显耽误了曹总，他是最后一个走进公司会议室的，几个部门经理纷纷起立，向曹总问好。

陈嘉荣教授站在主席台上调试投影设备，与曹总相视一笑。

"今天把各位请来，是想让大家见识一下陈教授的新产品。"

会议开始，曹总示意陈教授可以开始了。

陈教授拿着激光笔，指着投影说："一般的美容产品中都会添加 A 醇，A 醇的添加可以有效解决困扰女性肌肤最常见的两大难题，痤疮和衰老。市面上已经有各种 A 醇 A 酸的护肤品，无一例外，需要肌肤逐步建立耐受，这会是一个长期的过程。"

幻灯片转向下一幅，陈教授继续说道："而我们的新产品 Reborn 的意义在于给予快节奏生活中的女性一步到位的护肤体验，清除痤疮，消除皱纹，恢复白皙健康的皮肤，宛若新生。"

陈教授一身白大褂，袖子高高挽起，大褂里的衬衫领结已经有些松落，长发扎成了马尾，虽然稍显邋遢，但难掩其俊秀的脸庞和帅气的形象。高沙沙看得有些陶醉，旁边仔细做着笔记的钱小菲看到高沙沙的陶醉样更加肯定了自己的"嗅觉"。

新品 Reborn 介绍完毕后，曹总走上讲台，更换了另一份 PPT，壮志凌云道："这次推出的新产品 Reborn 将会成为所有女性的 precious，我希望各位从现有的顾客群体做起，再逐步扩大 Reborn 的消费者。下个季度，我想看到 Reborn 的推出可以给公司的年度业绩增加四十个点。Now，公司推出内部免费体验和买赠促销两种手段帮助顾客认识新产品，我们的最终目的是推向大市场让顾客购买正装产品成为 Reborn 的忠实粉丝！挤掉市面上所有同类产品！"

曹总话音落地，众人鼓掌，钱小菲瞄了一眼陈教授，陈教授似乎没那么兴奋，严峻的神色似乎在思考着难以解答的问题。

"四十个百分点，这任务也太艰巨了吧。"钱小菲向高沙沙倒苦水。

"这算什么，陈教授每次推出新产品，哪回不是力挽狂澜、独占鳌头，'魅力'去年的主力产品 Optimization 的销量可是让年度业绩增长了百分之一百五的，所以，四十个百分点根本不算什么。"高沙沙自信地说。

"可是……真的有人愿意买吗？"

眼看钱小菲一无所知的傻样，高沙沙决定带她去美容现场看看。

一间昏暗的屋子，窗帘统统拉上，一个年轻的女孩和之前闹场的陈太太正躺在美容床上接受美容师的操作。

"不用进去，就在外面看着。"高沙沙和钱小菲站在门外，透过门上的玻璃朝里面望。

美容师熟练地按摩着陈太太的面庞："陈太太，最近您气色好很多，继续做几个疗程，保证皮肤像剥了壳的鸡蛋。"

陈太太带着一口方言慢悠悠地说："我老公下个月就从美国回来了，来得及吗？"

美容师故意停顿了一下，算算时间，说："下个月啊，不太乐观哦，现在已经是月底了，好像有点……不过既然这样，我给您推荐一款新产品——Reborn，在抗皱美白方面特别有效，是我们陈教授今年刚推出的主打产品，您用一星期就能看到皮肤白一个色号，同时可以一举消灭法令纹和鱼尾纹。"

"真的？"陈太太显然是经常上当受骗，已经怕了，所以很谨慎。

旁边的小姑娘插嘴道："我眼睛这里有点小细纹，可以用你说的这个新产品吗？"

另一位美容师走过去端详了一下她的皮肤，说："经常化妆的人，皮肤会有些暗沉，眼周会出现表情纹，使用 Reborn 都可以解决这些问题。"

女孩听美容师描述得如此肯定，迫不及待地说："那给我来一套，皮肤保养就是要趁年轻。不然我男朋友要嫌弃我了。"

陈太太也顿时不甘示弱道："我也要，我要两套，今晚就回去试试。"

高沙沙得意地看着钱小菲："怎么样，现在，你还担心业绩吗？"

女人啊，果然都是只注重外在的动物！钱小菲一边想一边打量着自己，自己这外形，放在"魅力"公司里，真格格不入。

要想全面融入"魅力"，就要严格要求自己，第一步，晚上不吃饭。

不吃晚饭，这个决定对于钱小菲来说比隆裕太后下退位诏书还重大，当她带着一将功成万骨枯的自豪告诉高沙沙时，高沙沙反问她："难道你之前都吃晚饭的吗？"

钱小菲完全丧失了底线，推诿道："只吃蔬菜和水果，蔬菜和水果。"

看来不吃晚饭是最低要求，节食是一方面，更重要的是重新塑造。

地上散着一堆时尚杂志，钱小菲缩在自己房间里，对着镜子描眉毛。镜子里的她红唇艳色，台子上还放着一套透明内衣。

工序完成，钱小菲对自己的新面孔很满意，又换上要命的高跟鞋走起了猫步，一步，两步，三步，不错啊。钱小菲正得意，鞋跟踩进了地板的缝隙处，她大叫一声，栽倒在地。

雷郑宇推开门，看到四仰八叉的钱小菲，问："你的脸怎么了？"

钱小菲不给雷郑宇看脸，别过去，说："关你什么事，谁让你进来的，出去！"又要朝雷郑宇扔高跟鞋。

雷郑宇赶忙将门关上，同时按下相机的快门。高跟鞋砸在门上，钱小菲抓着床沿站起来。

在洗手间里把妆容拭去，钱小菲走到客厅，看见餐桌上还放着两三道菜，用保鲜膜封着。

"我帮你留了点菜，你自己去盛饭。"雷郑宇在捣鼓他的相机。

"你镜头不是碎了吗？"

"我重新配了一个。"

"你吃过了？"

"嗯。"

"我晚上不吃饭了，以后不用帮我留。"

雷郑宇抬起头看钱小菲："不吃晚饭了，为什么呀？"

"减肥。"

雷郑宇冷笑了一声，继续捣鼓相机。

钱小菲被这声冷笑笑得全身冰凉，问："你刚才那笑是什么意思？"

"笑你无知。"

这个家伙！钱小菲想，明明已经告诫过自己很多遍，不要上雷郑宇的套，为什么每次都控制不住自己呢？说得越多错得越多，脸也丢得越多。

"我哪无知了？"钱小菲问，她觉得反正已经被中伤了，那好歹得知道原因。

"你最大的无知就是不知道自己无知。"

你妹啊！钱小菲真想把餐碟飞过去秒杀雷郑宇。

"靠不吃饭减肥，是最愚蠢的方式，难道你不知道？"

"不知道！"钱小菲赌气道。

"我告诉你了，你就该知道了吧。"

"说了不要你管，这是我自己的事。"

"我才不管你，我只是担心，你要是出了什么事，到头来还得我收拾。"

钱小菲还想与恶势力做斗争，但肚子不争气地叫了。

丢人死了！钱小菲祈祷肚子的抗议声雷郑宇听不见……听不见……听……

"肚子都饿得呐喊了，还不吃，别真憋出病来，到时候减肥不成，直接减寿了。"

连肚子都加入了雷郑宇的阵营，接二连三地呐喊。

"那我就稍微吃点，给你点面子。"钱小菲拉开椅子坐下，吃了两口，之后……就停不下来了。

真的是太好吃了！菜都凉了居然还这么可口！不过，这种发自肺腑的钦佩是万万不可让雷郑宇知道的，钱小菲偷瞄雷郑宇，压迫住自己兴奋的内心，以最淑女的方式进餐。

"嗯，今天你厨艺发挥得一般啊。"说出如此言不由衷的话，钱小菲真想抽自己。

"那你就别吃了。"

"哎，不行不行，浪费粮食是可耻的。"

"那你到底要不要吃？"

"吃，吃，吃。"

钱小菲整理好餐具，蹭到雷郑宇面前，雷郑宇迅速地将相机收好，与钱小菲对视。

"给我看看你都拍了些什么？"钱小菲伸手夺相机。

"不给。"雷郑宇把相机放到身后。

"这么藏着掖着，肯定拍了见不得人的东西，快，坦白从严，抗拒更严。"

"坦白什么啊，你是不是搞错了，我才是房主，你交租了吗？"

"你……"钱小菲寄人篱下的哀伤被挖掘。

"难道不是吗？不过，我从不用钱来压人，既然你那么想一探究竟，那我就给你看看。"雷郑宇把相机打开，将照片一张张地回放。

"这是你吗？"雷郑宇问，照片上一个老太太满脸皱纹，正咧嘴大笑，嘴里只有一颗牙。

钱小菲不说话。

"这个呢，是你吗？"一个小孩正在嚎啕大哭，冒着鼻涕泡。

"还有这个。"一只猫在太阳下四仰八叉地睡觉。

"这呢？"一对情侣在雨中共撑一把伞，男孩把伞几乎都倾到了女孩一边，自己大半边身体被淋湿。

雷郑宇关了相机："有你吗？"

钱小菲惺惺地说："原来你拍的都是这些东西呀，我还以为你会拍些好看的风光呢。"

"好看的风光固然也拍，不过置身于城市，我更喜欢拍人文景象，在我看来，这些最自然的东西才是美丽的。"

"各有各的美，不同的美。"

　　雷郑宇点点头，说："本来美就不应该去定义，它是每个人心里的感受。应该是自然的、自由的。"

　　"照你这么说，像'魅力'这样的企业就不该存在了。"

　　"也没这么绝对啊。"雷郑宇说着又打开相机："人人都有追求美的权利，方式也各不同。而且我也说了，美的表现也很缤纷，比如这种……"

　　钱小菲凑过去，看见显示屏上是自己刚刚在屋子里摔倒的窘样，扒着床沿，看着插在地板缝里的高跟鞋，�‌嘴懊恼。

　　"我就知道你拍我了！混蛋！"钱小菲扑向雷郑宇。

　　雷郑宇灵巧地闪避："你再不停止，我可要还手啦！"

　　"老娘就等着你还手呢！"

　　两人打闹嬉笑的声音响彻夜空。

第四章

通过试用期，钱小菲拿到"魅力"的第一笔工资，当务之急就是把房租交了，这样再也不用看雷郑宇的脸色。

不幸的是，根据股份构成比例，钱小菲还得继续寄人篱下，因为雷郑宇支付的是钱小菲拖欠了两个月的房租，而钱小菲最多只能弥补当月的租金，所以……当然，若一心想赶走雷郑宇也不是没可能，只是把剩下的钱都用来还雷郑宇，那这个月连方便面都吃不起了。

钱小菲坐在办公室里踌躇着，被高沙沙看见，便将事情原委讲述了一遍。

"你傻啊，有一高帅富饭票贴身你还嫌麻烦？"高沙沙义愤填膺，觉得钱小菲就是身在福中不知福。

"什么高帅富饭票啊，你不知道拿人手短吃人嘴短吗，而且，万一这一切都是他蓄意安排的怎么办，万一哪天他丧心病狂对我图谋不轨怎么办？"

"对你图谋不轨？你倒是想呢。"

钱小菲故意挺起胸脯："怎么了，难道我就长得那么安全吗，虽然没你大胸，可我也是有追求者的。"

"谁追求你？"高沙沙的面部表情更像在问"谁追杀你"。

"我有男朋友的好不好！"

"是有男朋友还是有过男朋友啊？时态要分清楚哦，过去式和现在式在语法和意义上可都是有差别的哦。"

"那你呢？我也从来没有见过你男朋友哎。"

高沙沙愣了一下，说："你觉得我这样的女人会没有男朋友吗？你不应该问我有没有男朋友，而应该问，我有几个男朋友。"

钱小菲将一叠报纸卷起当作话筒，放在高沙沙面前："那请问高沙沙小姐，您到底有几个男朋友呢？并且，您是怎样分配使用这些男朋友们的呢？"

高沙沙接过"话筒"说："钱小菲同学，我来是有重要事情要向你交代的。"

"神马事呀？"

"首先恭喜你，你现在已经过了试用期，正式成为'魅力'的一分子，所以，你也应该以正式员工的要求来要求自己。"

"正式员工的要求？难道我现在配不上正式员工的要求吗？"

"一部分配得上，一部分又配不上，配得上的部分是你的工作能力，勤恳，也很务实，这点大家都给予了肯定，不然也不会正式聘用你的；至于配不上的部分嘛，主要是你的外在形象，从你刚进公司的时候起，我就教导你，你是'魅力'的员工，美丽是你的基本要求，但你看看自己现在的样子，有美感吗？"

钱小菲从抽屉里掏出一面小镜子照了照："还行啊。"

"还行啊……听听你说话的语气，自信吗？"

钱小菲刚要点头，高沙沙不给机会，接着说："不自信。为什么不自信？"

钱小菲要辩护，高沙沙又截断，说："因为你本身就不美，所以你不可能自信。我问你，你想美吗？"

"想啊，谁……"

"想美，就要按照我说的做。"

"做什么？"

"第一步是发型，请把辫子摘了，你已经不是学生了，请不要再装纯情。"

"我不是学生，但我本来就很纯啊，不是装出来的。"

"Shut up，第二步，衣着。你看看你都穿了什么。"

钱小菲打量了下自己，说："就穿了正常的衣服呗。"

"No！"高沙沙晃了晃食指："正常的衣服是没错，但不应该出现在'魅力'的员工身上，太正常的东西一般不会有太多的美感，因为太普通太泛滥。"

"那你说我该怎么穿？"

"以后不要穿裤子了。"

"啊？！"

"我的意思是，穿裙子，短一点的裙子，不要过膝盖的那种。另外，上衣，不要穿这种纯棉质地的 T-Shirt，穿透明一点的白衬衫。"

"那样太露了。"

"露你个头，记住 Bra 穿黑色的，不要再穿卡通的了。"

"你怎么知道我穿的是卡通的？"

"你弯腰的时候我看见过。"

钱小菲四下望望，说："黑色的，那不是更明显？"

"就是要明显，'魅力'就是张扬的，就是要表现给别人看的，因为这就是美！"高沙沙提升了音量。

"这哪是上班呀，这简直就是桑拿房里等叫号的小姐。"

"有一点的相似，你想啊，那些小姐如果不美，会有男人喜欢吗？"

好恶俗的理论啊！钱小菲看着高沙沙离去的背影，的确是一层薄薄的丝，里面的黑色 Bra 清晰可见。

短裙，白衬衫，黑丝袜，还有一副黑色的 Bra，钱小菲不好意思摊放在沙发上，匆匆塞进了衣柜。

雷郑宇看着钱小菲怀抱里的战利品，有点不理解："干吗啊你，刚发了点工资就挥霍，这么有钱不如把欠我的房租全交了，给自己赎个身多好，况且，你买的都是些什么啊，你要转行做小姐了吗？"

"哼，我就知道你的审美情趣有问题，落伍、老气，我这算是职业投资，高沙沙，就是我们公司的那个大明星教我的，说美丽，就是要炫出来。再说，你们男人不就喜欢这样吗？"钱小菲说着扶着门框当钢管，搔首弄姿。

雷郑宇走近钱小菲，摸了摸她额头："你没发烧吧？"

钱小菲让开雷郑宇的手："没，清醒得很呢。"

"不是发烧，那就是发骚了。"

"滚！"

再次回到公司，一进写字楼，配上短裙黑丝和白衫黑 Bra 的钱小菲就觉得无数双眼睛盯着自己，她还没学会享受众目睽睽的感觉，只能低着头迅速杀进电梯。

上班高峰期，电梯里填满人，人挤人，钱小菲压缩在一群男人中间，极度不自在，那些男人的目光一直游移在钱小菲身上，这场景让钱小菲想到日本的动作爱情片，直后悔没有穿件外套。

电梯到层，钱小菲第一个冲出，跑进更衣室，拿了件环卫工的外套批上。

现在唯一能期待的，就是夏天快点过去，等冬天降临，也就不必穿得如此暴露了，但钱小菲忽略了一个事实，那就是不管室外有多么严寒，公司里四季如夏，进了公司，"魅力"的职业装扮就会复活。

为了销售目标，钱小菲谨记高沙沙的劝解，这里只是工作的地方，目的就是赚钱，反正又没有真的侵犯到你的人身权益，所以，能配合的就配合一些，等羽翼丰满了再另作打算。

怪不得高沙沙能混到今天的地步，看来前进的基本要素就是学会妥协。钱小菲成了高沙沙的信徒，开始习惯于职场中的逢场作戏，和其他众多客服部的美眉们一起，向顾客推荐 Reborn 产品。

业绩表像多年前的中国股市一样飙升，而钱小菲的个人成绩也名列前茅，与那些资深销售人员平分秋色。

在公司的季度大会上，钱小菲被授予进步最快新人奖，奖品是一整套 Reborn 护肤品和双薪。高沙沙还悄悄透露了一个消息给钱小菲：她已经成了客户部的组长候选人。

"进步最快新人奖"这样的称呼对于钱小菲来说没有任何吸引力，若还是小学生，拿张奖状可以高兴几天，但作为已经步入社会的职场人士，发钱才是最有效的鼓励方法。

拿到双薪的钱小菲决定在周末犒劳下自己，这些天以来，为了能有个好业绩，她觉得自己一定程度上算是灵魂肉体双出卖了。

"周末晚上去庆祝下吧！"钱小菲来约高沙沙。

"对不起啊亲爱的，那天我陪不了你，我已经有约了。"高沙沙一脸幸福地拒绝。

"有约？你的神秘男友？"

"是啊，所以，你今天就独自庆祝下好了，对了，你可以约你那高帅富室友。"

是啊，的确也可以的。钱小菲当场给雷郑宇打了个电话，可是雷郑宇同样拒绝了她，说自己周末同样有约了。

不至于吧，雷郑宇能有什么约？他独在异乡为异客，能和谁有约？等等，不会是和高沙沙吧？

钱小菲狐疑地望着高沙沙，高沙沙被钱小菲看得毛骨悚然："干吗啊你？"

"快坦白，你是不是和雷郑宇有一腿？"

"雷郑宇？谁啊？"

"少装，就我那极品室友。"

"哦——你想象力真丰富，我都没见过他，只听你说过一次，怎么可能跟他有一腿，你未免把我想得也太神通广大了吧。"

"那为什么他和你一样都有约？"

"这有什么奇怪的，全世界今天有约的人多了去了，难道都和我有一腿？"

说得也有道理，钱小菲觉得自己的猜测很站不住脚。

"人家高帅富，约会多了去了，哪像你，宅女一枚，都要发霉了。"

"没办法啊，我又不是白富美，哪能跟高帅富比呢。"

"要不我介绍个地方给你，说不定会有艳遇哦。"

"我才不要艳遇呢。"钱小菲说着走出高沙沙的办公室，不一会儿又撤进来，问："哪？"

周末永远是最迷人的，一想到可以连睡两天懒觉，钱小菲反而就没有了疲倦感。

高沙沙介绍给她的所谓能有艳遇的地方是一家酒吧兼餐厅，叫"蝶"，坐落在一片高档社区中。

钱小菲在家熬到晚上九点多才去，因为这是高沙沙告诉她最适合去酒吧的时间，因为，去得太早的女人是性饥渴的，而再晚点去的女人则是做小姐的。

"蝶"的格调颠覆了钱小菲一贯以来对酒吧的印象——吵乱黑，尽管她从未进过酒吧；她站在门外，看着门童发呆，想哪还需要找别的艳遇啊，门童就很不错。

当钱小菲平生第一次踏入酒吧时，高沙沙正在市中心一家高级度假酒店的套房里泡澡，等待相约之人的到来。

"喂？"高沙沙接通电话，"我在干吗啊？我在洗干净等你来临幸呢……你说呢？你想我穿什么样的……哈哈，你可是越来越坏了哦……嗯，好，等你，拜……"

高沙沙放下电话，露出和在公司时完全不同的难得的甜蜜笑容，双手捧起浴缸里的泡泡，轻轻吹了吹。

一只气泡被室内空调制造出的暖气烘托住，飘出浴室，坠在洁白的大床上，印出一小片水渍，水渍的旁边是一张酒店的预定回折，回折上的预定人一栏里注着"陈嘉荣"。

"嗨，一个人吗？"一个帅气的男子坐到钱小菲旁边。

"是啊。"

"那……我请这位美丽的小姐喝一杯。"男子对吧台的酒保说。

"小姐，您想喝点什么？"酒保问。

钱小菲完全没想到酒吧里的人都如此热情，她还没有准备好该喝什么："凉白开就行了。"

"什么？"酒保不理解钱小菲的要求。

"就是凉开水嘛。"钱小菲解释道。

"给她一杯伊云好了。"男子对酒保说。

"你是第一次来吗？"男子面向钱小菲问道。

钱小菲老实地点点头。

男子露出很明显的笑容，朝钱小菲那边挪了挪："那，你叫什么？"

"钱小菲。你呢？你叫什么？"

"钱小菲，是你的真名？"

"是啊。"

"我叫迈克。"

迈克？钱小菲想这也太假太俗了吧，怎么是个男人起英文名不是迈克就是汤姆，敢不敢来点新鲜的。

"那你的真名呢？"钱小菲问。

男子犹豫了一下，勉强地说："难道在这样的场合中，需要告诉对方真实的名字吗？"

"这样的场合是哪种场合？"钱小菲天真地问。

"这样的场合当然就是……"

没有等到回答，钱小菲看见酒吧角落的卡座里有一只熟悉的身影——雷郑宇，雷郑宇的对面坐着一位和高沙沙同级别的靓女。

果然有奸情啊！钱小菲伸长了脖子朝雷郑宇那边看。

酒保将伊云水送上，迈克趁钱小菲不注意，将一小包粉末倒进了钱小菲的杯子里，粉末迅速溶解，无色无味。

"先喝点水吧。"迈克将杯子递给钱小菲，钱小菲一口全喝了下去，继续巴望着雷郑宇。

"你朋友？"男子问。

"算是吧，认识而已。"钱小菲说着觉得脑袋有点昏沉。

雷郑宇面无表情地坐着，双手托着下巴，听对面的女人说道。

"你还想玩到什么时候？"女人问。

"谁在玩啊。"雷郑宇不想多说话。

"你可以逃避和我订婚，但你能逃避你自己的人生吗？"

"我哪里逃避啊，你干吗跟我父亲一样，看来，我逃婚真是逃对了。"雷郑宇喝了一口杯子里的汽水。

"你还是一副小孩子的模样，你知道吗，你这样你的父亲会很难过。"

"Lisa，我从来不曾想过让我父亲难过，但我的人生是我自己的，我有权选择自己的路，况且，我和他已经达成了协议，我会回去，但不是现在。"

"可是你不觉得你自己这样很任性吗？"

雷郑宇站起身："对不起，我不想继续讨论这样的问题，我知道你的时间十分宝贵，你应该也不想把时间浪费在我这种任性的小孩子身上吧。"

Lisa 拉住雷郑宇的衣角："不要走，晚上留下来陪我。"

雷郑宇挣脱开 Lisa："对不起，大小姐，我陪不了你，我得回去了。"

"你是不是爱上了谁？"

爱上了谁？这个问题似乎还从来没有想过，雷郑宇又坐了下来，说："没有爱上谁，这是我自己的想法，和别人没有关系。"

"那我跟你回去。"Lisa 说着便要收拾物件。

"不可以。"雷郑宇干脆地拒绝。

"为什么？"

"因为……家里还有别人。"

"谁？"

"一个女生。"雷郑宇说得很平静，似乎"一个女生"就跟"一只猫"似的。

"女生？"Lisa 没想到还真的有女人和雷郑宇住在一起。

"对。"

"谁啊？"

"就是一个普通的女生啊。"

"普通的女生？"

"是啊。"

Lisa 能够感觉出雷郑宇不是开玩笑："你爱上她了？"

又是这个问题，雷郑宇摇摇头："没有。"

"没有什么？是不爱她，还是还没有爱上她？"

雷郑宇被 Lisa 的逻辑搞晕："哇，你真的很烦哎，你什么时候也变成这样的人了，那个所向披靡、雷厉风行的商界女王呢，到哪去了？"

Lisa 悲痛地看着雷郑宇，感觉到身心俱疲，小口地喝着鸡尾酒。

"小姐你怎么了？"迈克假装不知情。

"突然感觉不是很好，脑袋很沉。"钱小菲想从吧台的高椅上下来，但脚下的地板似乎在翻浪，站不稳。

"那我送你回去吧。"迈克伸手搂住钱小菲的腰。

当迈克的手碰及到自己腰部的时候，钱小菲脑海里突然闪过雷郑宇陪她去完医院后回家的情形：

"你干吗，想占我便宜，别以为帮我一次就可以胡作非为！"

"占你便宜？你有什么便宜值得我占。我是想，既然开了病假说身体不好，那就得装得像点，这路上人来人往，说不定就有你公司的人，要是被人看见你活蹦乱跳的跟蚂蚱一样，谁会相信你生病。"

雷郑宇……钱小菲取出手机找雷郑宇的号码。

迈克眼见钱小菲要打电话，计划即将泡汤，有点急不可耐，想强行将钱小菲拉出酒吧。

钱小菲不从，慌乱中打碎了玻璃杯，玻璃破碎的声音吸引了众人的注意，雷郑宇也朝这边看过来——钱小菲在一个男人的怀里挣扎。

雷郑宇走过去，抓住迈克的手，一把将钱小菲拽出。

大庭广众之下，靓妹被劫，要是传出去，还怎么混？虽然矮了将近十公分，但迈克还是气势嚣张地冲雷郑宇吼道："你是谁啊，告诉你，少管闲事！"

"你问我是谁，我还想问你是谁呢，你想把这位小姐带到哪里去？"

"她……她是我表妹，我带她回家。"

"表妹？"雷郑宇乐得忍不住笑起来："那我怎么不知道她还有你这样一个兄弟？"

"啊？"迈克没能理解雷郑宇的话。

"雷……郑宇……"钱小菲眼前变得愈加模糊，只能看清楚一个轮廓。

"说啊！你是谁啊？"迈克挑衅地推了雷郑宇一下。

雷郑宇不顾男人的推搡，将钱小菲放在沙发上。

"她是谁？"Lisa 也走过来询问雷郑宇。

"帮我叫救护车。"雷郑宇镇静地对 Lisa 说。

"啊？"Lisa 没有搞懂雷郑宇的意思。

"打 120 啦，快点。"

Lisa 木然地拨出 120，刚和接线员描述过地址，雷郑宇就冲向那男子，一记右勾拳打在男子左脸上，男子倒地，捂着脸，起不了身。

雷郑宇走回到沙发旁扶起钱小菲："喂！行不行啊你？"

钱小菲迷迷糊糊地点点头。

Lisa 刚要再问什么，雷郑宇一巴掌打在钱小菲脸上，众人惊愕，钱小菲稍清醒了点。

"跟我回家。"

"哦……"钱小菲仍然站不稳，靠在雷郑宇肩膀上走出酒吧大门。

Lisa 跟出酒吧，看见郑宇正扶着钱小菲等出租车，他的外套正披在这个女孩的身上。

"你就是和她住在一起吗？" Lisa 问。

"是。"雷郑宇回答。

"我送你们。"

"不用，我自己可以。"说罢正好一辆出租车驶来，雷郑宇不是很温柔地将钱小菲丢进后座。

"雷郑宇……你这个家伙……居然敢这么对待我……回去后看我怎么收拾你……"钱小菲神志不清吐词更不清。

"你好好照顾你的生意。"雷郑宇对 Lisa 说，接着坐上副驾。

Lisa 望着出租车离去，虽然车很破旧，速度也很慢，但却可以开往一个她永远到达不了的地方。

好在住二楼，雷郑宇背着钱小菲爬了两层楼，连鞋都来不及脱，直奔卧室，两个人一起累倒在床上。

钱小菲继续不省人事中，此刻雷郑宇与她的距离不过五公分。钱小菲可能在做着什么梦，两只手搭在雷郑宇的脖子上，死活不让走。

还真是无赖啊！雷郑宇只好依着钱小菲睡在同一张床上。

高沙沙裹着一件单薄透明的睡衣躺在床上，修长的腿部完全遮蔽不住，而那一套纯黑色的内衣在昏暗的灯光下显得更加魅惑。

床头柜上的电子钟显示已经快十一点了，但陈嘉荣还没有出现。这种晃点令高沙沙的脸色十分难看，她闭着眼睛很重地呼吸着，丰满的胸部随着呼吸上下起伏。

突然电话响起，高沙沙第一时间按下接听键。

"喂，你在哪？"高沙沙问。

"对不起，高小姐，今晚的员工聚会我来不了了。"电话里陈教授的声音压得非常低，也非常陌生，隐约还有一个中年女人的声音，应该是他的妻子。

高沙沙没有再多问，也没有再多说一句话，直接挂断，她太熟悉这样的暗号。

为什么还要这样演戏？你明明不爱她了，为什么还要顾及这么多？这些提问只能在挂断电话后说给自己听。

钱小菲口袋里的手机响，一直振动。钱小菲睡得很香，完全没反应。

雷郑宇小心地取出手机，来电显示是"沙沙"，犹豫了一下，还是接了起来。

"你好。"

"小……你是谁？"高沙沙机警地问。

"我是雷郑宇，是钱小菲的室友。"

"钱小菲呢？"

"她……她睡着了。"

"那你干吗接她电话？"

"因为……手机一直在振动啊。"

"她手机振动关你什么事？你对小菲做了什么？"

果然人以群分，还真是八婆。"我能对她做什么，不信你自己来看好了。"

"你告诉我地址，我立刻来！"高沙沙决定和这个雷郑宇铆上了。

真变态！雷郑宇把住的地址告诉了高沙沙，高沙沙说了句"你给我等着"就挂了电话。雷郑宇拿着钱小菲的手机，看着钱小菲那张无辜的脸，想，能有个关心的朋友，也算你走运。

半个小时后，雷郑宇听闻跑车引擎的轰鸣声迫近。

跑车熄火，钱小菲手机又响。

"几楼？"高沙沙问。

"二楼，门给你开着呢。"

高跟鞋的回音在楼道里横冲直撞，高沙沙站在了门口，而雷郑宇也在门口迎候着。

高沙沙好歹也是见过些大世面的时尚明星，但在看到站在自己眼前的雷郑宇的时候，萌发出一种想和他签约的冲动。

"小菲呢？"

"卧室。"

雷郑宇让出一条道，高沙沙鞋也不脱直接大军压境。

看到躺在床上昏沉睡死过去的钱小菲，高沙沙逼供雷郑宇："你对她做了什么？"

"我在酒吧碰巧遇到她，她被人下药了，我把她接了回来。"

"你有证据或证人吗？"高沙沙俨然一副调查员的姿态。

"整个酒吧里的人都可以作证，你要想去取证，我不拦你。"雷郑宇指了指敞开的房门。

二人僵持，势均力敌，钱小菲渐渐苏醒。

"你们在干吗？"钱小菲有气无力地问。

"没干吗啊，接受临检。"雷郑宇调戏高沙沙。

"沙沙，你怎么来了，我记得你有约会吧。"看样子钱小菲记忆保留得还很完整。

"我打你电话，结果是一个男人接的，说你睡着了，我当然就不放心啦，所以来看看。"高沙沙瞪着雷郑宇说。

"现在放心了？可以走了吧？"雷郑宇丝毫不给高沙沙这个旷世美女面子。

"你有什么资格赶我走？我现在是在我的好姐妹家，该走的，应该是你吧。"高沙沙觉得自己一举挫败了雷郑宇，还想和钱小菲击掌庆祝。

"不好意思啊，大美女，我不知道你怎么界定'家'的产权归属，像这种租来的房子，我以为，应该是谁交了房租就该属于谁，你觉得呢？"

高沙沙斜眼看了看钱小菲："你别告诉我你房租到现在都还没交齐。"

钱小菲默默点点头。

"你怎么这么窝囊啊……"高沙沙宣布战败。

"好啦，你们别斗了，我知道你们关心我，我很感谢。"钱小菲向两人鞠躬。

"别自作多情了，我只是刚好在场，就顺便把你接回来了。"雷郑宇说完这话就走出了卧室。

高沙沙开始吐槽雷郑宇的人品："这样的男人你怎么忍受得了？"

没等钱小菲回答，雷郑宇的声音从厨房传来："我帮你做两个三明治当夜宵。"

钱小菲不好意思地笑笑，高沙沙耸耸肩，算是见识了这个极品室友。

撑了一夜没有任何进餐的钱小菲两三口就把三明治吃了个精光，于是，当钱小菲以一种野兽般的目光盯着高沙沙手中的那份时，高沙沙十分识趣地送给了她。

"像酒吧那种地方，你这样的小姑娘，以后就不要去了。"雷郑宇像发布红皮书一样以一种自上而下的趋势告诫。

"我拿了双薪嘛，想庆祝下，你们都不陪我，我只好自己一个人去酒吧啦，这个酒吧还是她告诉我的呢，不然我哪知道。"钱小菲自然而然地将高沙沙供了出来。

"我哪知道你这么受欢迎，第一次就被别人下药。"高沙沙口不择言道。

"啊——你居然还说。"钱小菲埋怨道，"我差点被人那什么哎。"

"好啦，好在并没有那什么啊，你有白马王子护驾嘛，怕什么。"

"那你晚上的约会呢？"钱小菲又问，再次戳伤高沙沙。

"结束啦。"高沙沙轻描淡写地闪过。

"怎么可能，今天周末哎，哪有这么早结束，别以为我不知道，快坦白啦。"

高沙沙瞄了一眼站在旁边的雷郑宇，雷郑宇故意不回避，等着高沙沙出洋相。

"算是暂停，我现在接着去约会。"高沙沙拎起她那只限量的爱玛仕包，摔门而出。

"你的朋友还真奇怪，看来奇葩们也是扎堆的。"雷郑宇把吃完的餐盘收拾好。

钱小菲想起在酒吧里的一幕，雷郑宇对面坐着的那位惊为天人的美女，问道："你今天的约会对象是谁啊？别抵赖哦，我可在酒吧里看见了。"

"她啊，以前是我的未婚妻，现在嘛，就是一般认识而已。"雷郑宇洗着餐具，很平静地说。

"未婚妻？以前的？什么意思啊？"

"意思是，我逃婚了。"

"你逃婚？那么一大美女你会逃婚？"

"志趣不同吧。"

"你还真是不知足，而且行为那么伤人，人家肯定难受死了，所以来找你求复合，是不是？"

"算是吧。"

"那你究竟想要什么？"

"自由啊。"

自由啊……

自由，这个词曾经也在钱小菲的生活中出现过，不过真的是很遥远的记忆了。

大学二年级的时候，钱小菲接受了一个苦苦追求她一年的男生。女人好像就是这样，当她们拒绝男人的时候，永远一副高高在上的姿态；而当她们在某个特殊的时刻选择接受男人，那么从下一秒开始，女人就彻底沦陷为男人的附属，剩下的整个生命似乎都是为了男人而活。

这么说，可能会引起一些女权主义者们的抵触，但起码，钱小菲的事实就是这样，自从接受了这个男生，她就一夜间完成了角色转换，现在回想起来，并不是从熟人变成情人，而是变成了这个男生的保姆。

从早上醒来后的第一个早安电话开始，到晚上的最后一个晚安电话，钱小菲几乎做到了全程陪护，一起吃饭，一起上课，一起跑步，一起自修，所以当男生提出分手的时候，钱小菲还根本不明白发生了什么，那男生冷冰冰地说，我是很喜欢你，但我需要自由。

"生命诚可贵，爱情价更高，若为自由故，两者皆可抛。"钱小菲第一时间想起裴多菲的名诗，以为男友在开玩笑。不过，当她亲眼看见男友像追求自己那样追求另一个女生的时候，她恍然，原来男人真的要自由，而不要爱情。

自由……那不是被政客们挂在嘴边的词语吗，所谓的自由、民主、平等，那不是宪法词条里的语言吗，为什么会袭击自己？

"你在干吗？干吗发呆，在想什么？"雷郑宇将钱小菲从对似水年华的追忆中拉回到现实。

"你们这些男人啊，总喜欢以自由为幌子，游戏人生，一点都不顾及别人的感受。"钱小菲目光游离地说。

"什么啊，什么男人、自由、人生，怎么一下子变成了情感专家，你是不是有什么阴影啊，说来听听咯。"雷郑宇乐呵呵地等待。

"你才阴影呢，我要睡觉了，你退下吧！"钱小菲一挥手，像宫里的娘娘喝退太监一样驱赶雷郑宇。

可能是之前昏迷过，相当于睡觉，所以现在失眠。钱小菲躺在床上数羊，数到一千多还是睡不着。

危机关头，想到自己拿了双薪，顿时满足感膨胀，心情极好，呼呼进入梦乡。

第五章

有教育学家说过，教育孩子，鼓励可能比惩罚更有效。其实对于笼络员工、提升员工工作积极性来说，鼓励也比惩罚有效的多。

在双薪的刺激下，钱小菲对"魅力"的好感持续升温。礼拜天晚上，本该是上班族最头疼欲裂的时刻，钱小菲却反常地兴奋，像小学生预习功课一般整理着会员文档。

在雷郑宇眼中，这个穿着卡通睡衣的女生，还真是好贿赂。

"很晚了，去睡吧。"雷郑宇说。

钱小菲全神贯注地检查文档，没有理会雷郑宇。"有二号、三号、四号，但一号没有，然后五号和六号也没有，到哪去了……"她自言自语道。

"快去睡啦，不然明天你又赖床。"

"那你怎么不睡？"

"我又不用上班。"雷郑宇说得天经地义。

钱小菲横眉冷对道："纨绔子弟，败家子！"

有一句经常被提起的话，叫做"职场如战场"，虽然很难分辨这到底是抬高了职场的危险性还是降低了战场的残酷性，总之，这话的适用率还是很高的。既然是战场，那么有赢就有输，有人高兴就有人不高兴。

钱小菲得了奖还发了双薪，自然是高兴的人，那，同部门的其他员工则都成了不高兴的人。

"小丽，曹总要的复印件，你都弄好了吗？"

"呀！我都忙忘了，我这就去！"

"没事，你不用急，这事就交给小菲去做就行了，谁叫人家是进步员工呢，跟我们这些拖后腿的可不一样，多拿钱，当然要多出力啦，对不对？"

字字入耳，钱小菲并不多说，她想起高沙沙的话：这只是你上班工作的地方，别指望办公室友情什么的，做好你的分内事，然后拿钱走人，就这么简单，至于那些碎碎念，不过是嫉妒罢了，你爬得越高，这样的嫉妒就越多，也越恶劣。

"好啊，我去。"钱小菲抱起一大叠需要复印的资料走出办公室。

完成复印工作后，钱小菲去到曹总的办公室。办公室的门没有关紧，里面的争吵声已经溢了出来。

陈嘉荣教授站在曹总的对面，不厌烦地说："再这样下去，我的压力太大，我怕我支撑不了多久，你要尽快想办法，不要再逼我。"

曹总微笑着，走到陈教授身旁，帮他按摩，温柔地贴耳道："嘉荣，你行的，我信你，你也要信你自己，你可是'魅力'的标志人物啊！我和大家一起期待你的表现。"

钱小菲并不是故意要偷窥，只是两个大男人如此浓情，是个人都想看下去。果然，从钱小菲的视角出发，曹总和陈教授仿佛在接吻。

知道秘密的人，要么以此为盾十分安全，要么被杀人灭口则十分危险，总是极端。

钱小菲屏着气溜到高沙沙的办公室，撞开门；沙沙正在打电话，她抬头看了小菲一眼，似乎在责备她的莽撞。

"嗯，我会立即安排的，您放心，嗯，那就定在下午两点，一定做好保密工作，一定一定……好，下午见。"高沙沙说完放下电话。

"对不起，我不知道你在忙。"钱小菲吐吐舌头，将复印的材料放在茶几上。

"没事，以后记得敲门，这里是公司。"高沙沙招呼钱小菲坐下。

"沙沙，我发现了一件很重要的事，我不是故意想知道的，是碰巧被我发现的。"钱小菲神色紧张地说。

高沙沙意识到严重性，机警地关上了门，问："什么事？"

钱小菲踌躇了下，说："是关于曹总和陈教授啦，我本来是送这些资料给曹总的嘛，结果在他办公室门外，我看见他和陈教授在……在……在接吻。"

"啊？"高沙沙被晃得有点晕。

"他们会不会是……"

"Gay？"

"嗯。"

"不可能！"高沙沙坚定地否决。

"你怎么知道？"钱小菲问。

"我……"高沙沙意识到差点就被套出真相，"我……我当然知道啦，我进'魅力'这么长时间，什么流言蜚语没听过。"

"可我觉得曹总真的很像哎，你看他那样子。"钱小菲说着还用起了肢体语言，模仿曹总。

"好啦，你自己想想没关系，跟我说也没关系，可别到外面乱讲，小心吃不了兜着走。"

"对了，我还有件事要跟你说。"钱小菲想起昨晚那失踪的几份客户档案。

"讲。"

"我说了你别骂我哦，我想我可能把客户资料弄丢了。"

"什么？"

"我这没有一号、五号和六号的客户资料，我不知道丢哪了。"钱小菲说话的声音越来越小。

"嗨，我还以为什么事呢！"高沙沙无所谓地说："在我这呢。"

"啊？"

"这几位客户是公司最早的一批 VIP 客户，所以一直是由我亲自提供咨询的，我还没有告诉你呢，别怕，瞧你吓成什么样了。"高沙沙拍拍钱小菲的后背，帮她顺气："小菲，我刚接到通知，下午两点有重要客户来，你去安排好专用通道，做好二级防护工作，特别是提防狗仔偷拍。"

"狗仔偷拍？还是一大人物？"

高沙沙点点头："绝对大人物。"

"谁啊？哪个明星？也来我们这边做整容？都整了哪儿？透露一点嘛，沙沙。"钱小菲伸出食指央求道。

　　"就透露一点点哦。"高沙沙在钱小菲耳边说道："最近一直在宣传新片，一直戴着口罩，对外宣称患感冒的那个，你懂了吧？"

　　"哦——"钱小菲心领神会，一天之内获得那么多重要秘密，脑容量都快不够了。

　　钱小菲走后，高沙沙回到位置上，打开放在桌子下面的密码柜，取出几份客户档案，档案夹的封面上写着大大的 Reborn。

　　高沙沙抽出资料，是几个女人的面部照片，不同的女人，却同样布满皱纹和红斑。

　　下午两点刚过，一辆玻璃被涂黑的商务车停在了 B1 的无障碍电梯旁，走下一位墨镜女士和四个猛男保镖，墨镜女士除了一副大蛤蟆镜遮住一半的脸，另一半脸则用厚大的围巾和口罩捂得严严实实。

　　这五个人从电梯走出，曹总和高沙沙恭敬地等候着。

　　墨镜女士一言不发，直接奔向陈嘉荣教授的办公室，四名保镖在门外站定。

　　做明星还真辛苦，这哪是明星啊，简直是囚犯。钱小菲心想，自己千万不能成为明星；其实，即便她想，也成不了。

　　墨镜女人坐在陈教授面前，跷着二郎腿。

　　"我的大明星，摘了吧，丑媳妇也是要见公婆的。"陈教授尽量让气氛欢快些。

　　"我现在何止是丑媳妇啊，简直丑死了，我都不敢把眼镜围巾什么的摘掉，一照镜子我就想死。"女明星怨气十足，但还是把包裹物都摘下了。

　　陈教授眼中闪过一瞬难以察觉的愧疚，端详着女明星的脸，用手指按压，感觉着情况。

　　女明星态度缓和了很多："你按的地方都疼，怎么办啊？"

　　陈教授迟疑了一会儿，说："没什么大碍，主要是手术后恢复不够好，你每天拍戏太过劳累，才会有这种情况，好好休息调理几天，很快就可以重新上台了。"

　　女明星诧异地问："真的？就这么简单？休息几天就行了？不过，我这几天还有宣传活动，哪有时间休息。"

　　"你现在不休养好，伤口愈合差，以后麻烦更多，不要这么拼命，人生很长。"

　　"不拼命行吗，人生是长，但我们这个行业寿命多短啊，今天早上你还是当红艺人，傍晚可能就被拍死在沙滩上了！"女明星的情绪又波动起来。

　　陈教授不语，给她倒了杯温水："喝点水吧。"

　　女明星接过杯子，问："对了，教授，我可以再开一个外眼角吗？"

　　"什么？"

　　"开……外眼角。"

　　"你的脸型不适合，额头太窄，开了外眼角的话，眼睛就到太阳穴了。"

　　"那丰唇呢？我想要日本女人的那种嘟嘟唇。"女明星说着把嘴巴嘟起来。

　　"得等你这次恢复后，看情况再定。你呀，就是会糟蹋自己。"

　　这时曹总走了进来，手中提着一袋新产品，踱着小碎步挪到女明星身边：“哎呀呀，好久不见啊，呐呐呐，贵宾免费试用。”

女明星眼前一亮：“就是它吗，重生？”

曹总伸出精美的长手，挡住自己的半边脸，神神叨叨地说：“对，陈教授的杰作，Reborn，现在只有内部人员才有，别声张哦。”

明星摆弄着产品，笑道：“太好了，这才对嘛，我每年花这么多钱在你们公司，应该多一点回报啊，还有没有，再送我一瓶！”

曹总陪着一起大笑：“哈哈哈，好说好说！”

刚送走女明星，陈嘉荣教授就拖着曹总走进产品实验室。

这一幕在钱小菲眼中，又形成了邪恶的画面：

曹总叫喊着：“救命啊，别……放开我！不行……别……救命啊！”

陈教授反锁上实验室的门，手拿针筒，将曹总逼到一角，打算向曹总体内注射。

曹总透过门上的小小窗户向外面的高沙沙和钱小菲求救：“救命啊！沙沙小菲，你们不能眼看着我惨遭蹂躏啊！”

陈教授怒吼道：“你不是说你相信我吗，怎么一来真格的就怂了。”

“我是相信你呀，但你不能拿我当小白鼠呀。”

“小白鼠？”陈教授自信满满地说：“小白鼠的实验阶段早就过了，你不是常说，做事业要有献身精神吗？Today is the best time！而且，我都实验多少回了，很安全的！放心，来吧。”

"那也不行，去找那些爱美的女人做实验吧！"曹总试图挣脱，但他那小身板完全被陈教授压制住了。

高沙沙取来钥匙打开实验室的门，配合道："教授，你就放了曹总吧，要不，我替他？"

"对对对，找她，女人更适合，不是吗？"

"不行！"陈教授一用力，将针管插进曹总的胳膊，眼看着液体注射进身体。

曹总吓得休克过去，员工一拥而上。

晚上九点，钱小菲加班结束回到家，雷郑宇正在煮面条。

"今晚怎么这么寒碜呢，只有面条啊——"

雷郑宇端着碗到客厅说："嫌寒碜啊？那就不要吃了，正好我煮的也不多，还以为你不回来吃呢。"

"谁说我不吃的，拿来！"

面被分成了两小碗，两个人各捧一份坐在沙发上。

钱小菲狼吞虎咽道："这个味道……"

"怎么了？"

"好……好好吃啊！"

雷郑宇保持一贯的风格，冷笑一声。

"我今天发现了一个大秘密。"钱小菲说。

"有趣吗？要是没趣，那就不要说了，不如去把碗洗了。"

"我知道啦，我会去洗碗的好不好，你这个人，真扫兴。"

"那好吧，你说，我听着。"

"不说了！"钱小菲赌气道，但很快又憋不住："告诉你哦，我今天发现经理在和教授 kiss 哎。"说完还颤抖了下。

"这又怎样,很正常啊,我发现你真的很八卦哎。"雷郑宇的冷淡反应超出钱小菲的意料。

小菲露出狐疑的目光:"难道你也是……"

"是你个鬼啦,我取向很正常的好不好!"

"怎么证明?"钱小菲张牙舞爪地问。

雷郑宇轻轻歪了下头,吻住了钱小菲。

钱小菲被这突如其来的袭击搞晕,刚闭上眼睛,雷郑宇就放开了她,说:"怎么样,这样证明够不够,不够我就来更猛的了。"

钱小菲脸色刷红:"你混蛋!"

雷郑宇闪躲开,问:"别告诉我这是你的初吻哦。"

一只拖鞋飞向雷郑宇,正中面部,钱小菲捂嘴偷笑。

墙上的挂钟,指针方向是十二点。

钱小菲坐在床上,回忆着刚刚被亲吻的瞬间,不好意思地皱起眉头;而雷郑宇靠在窗边,看相机里不多的关于钱小菲的照片。

两个房间,只一墙之隔,月光布满屋子,晚风撩人。

钱小菲是被电视里传来的恐怖笑声吵醒的,她戴上眼镜,杀到客厅,发现雷郑宇戴着耳机,电视里的噪音纯粹是放出来当闹钟用的。

"你神经病啊!"钱小菲骂道。

但这骂声不如电视机里的声音洪亮,更不如耳机里的音乐动人,所以雷郑宇完全没有反应。

钱小菲走到雷郑宇跟前,扯下他的耳机。

"早啊。"雷郑宇问候道。

"你还知道早啊，大清早，才……"钱小菲抬头看看钟，已经快十一点了，只好改口："虽然才十一点，但你也不能把电视机声音开这么大。"说罢关了电视，走到冰箱前。

冰箱里什么都没有，雷郑宇走过来，关上冰箱的门，说："走，带你出去置办些物件。"

"什么物件啊？"

"就是衣服啦，鞋子啦，包包啦之类的。"

"干吗？"

"我弟弟要来。"

"你弟弟要来？那……为什么要帮我置办行头？"

"因为你要是太寒碜，会降低我的档次。"

切！钱小菲想，你刚刚在我心中树立起的稍微光明点的印象现在统统没有了。

"我给你买，不用你花钱，放心。"雷郑宇补充道。

我买死你，要你装酷！钱小菲下定决心好好宰雷郑宇一次。

雷郑宇指定的这座高档商场钱小菲之前从没敢涉足过，钱小菲判断一个商场的档次就看户外广告，如果贴的都是 LV 和 Hermes，那这样的商场她是不会进去的，逛了也是白逛。

两人钻进电梯，钱小菲按了下二楼的按键。

"干吗按二楼？"雷郑宇问。

"淑女专柜啊，这写着呢。"钱小菲指着电梯上的楼层介绍图说。

"去什么淑女专柜，档次太低，再说，你一点也不淑女呀。"

"你！"钱小菲忍住伤害。

其实这根本不是来买东西，完全是给雷郑宇当衣架子用，他根本不在乎钱小菲的喜好，只买自己看上的，尽管雷郑宇看上的都比钱小菲看上的贵很多。按照雷大官人的话说就是，差价代表着审美。

"麻烦你给我拿这件，这件，这件，嗯，这件，这件，还有这件，对，这几件。"雷郑宇指挥着营业员。

"请问您要多大号的？我们给您拿新的。"碰上这么个金主，店员们恨不得趴地上跪舔。

雷郑宇看了看钱小菲的身段："也就 S 号吧。"说完将钱小菲的眼镜摘下，命令道："以后不要戴这样的眼镜了，真土。"

钱小菲忸忸怩怩地从更衣室走出来，拼命地把裙子往下拉，生怕走光。

雷郑宇摇摇头，钱小菲一撇嘴，又走进更衣室，依旧拉扯着裙子。

钱小菲换了一套衣服走出来，样子大方了一点，但雷郑宇连连摇头，又摆手，钱小菲垂头丧气地再走进去换。

雷郑宇笑着等钱小菲，她又换了一套衣服，非常漂亮，瞬间惊艳了雷郑宇。钱小菲走了几步，又用询问地表情看着雷郑宇，雷郑宇连连点头，钱小菲开心地走回去换下一套。

钱小菲自信地出来，雷郑宇又笑了，直接摆手让她回去换掉。再度换好一条连衣裙出来，扎着的头发也放了下来，雷郑宇仔细地端详起来，搞得钱小菲有些小紧张。

雷郑宇终于做完决定："就这两件吧。"

钱小菲看了一眼标签，被价格惊吓到，倒吸一口冷气，支支吾吾地说："裙子太短了，还是下次再买吧。"

钱小菲边说边走向更衣室，脸上有点窘。

"干吗去？"雷郑宇叫住她。

"换自己的衣服呀。"

"换什么，就穿着吧。"

"可是……"

"我已经埋过单了。"雷郑宇又指示着店员："把另一件包装起来。"

原本雷郑宇要带钱小菲去吃日本料理，但钱小菲坚持去街心公园坐会儿，中午这么好的阳光，如果不晒一晒，实在太浪费了。于是，两人拎着大包小包外加麦当劳套餐坐在了公园的长椅上。

"这种快餐，特别是薯条，以后还是少吃的好。"雷郑宇帮钱小菲挤番茄酱。

没情调，上纲上线。钱小菲看着雷郑宇严肃的样子，伸手捏了捏他的面颊。

"干吗？公共场合哎。"雷郑宇躲开钱小菲的骚扰。

果然没情调啊！钱小菲专心致志地吃汉堡。

一只小泰迪犬一路嗅到雷郑宇脚边，停下，猛蹭。

雷郑宇和在远处的主人挥手打招呼，把泰迪犬抱起，用手里的炸鸡腿逗它。

"看不出来嘛，蛇蝎心肠的家伙居然也这么有爱心。"钱小菲拿着根薯条喂泰迪犬。

"它不能吃薯条的，你没看见我也只是逗逗它吗。"雷郑宇把泰迪抱向一边，一副"珍爱生命远离钱小菲"的架势。

"切！比我还金贵，不吃就不吃，它不吃，我吃。"

主人召唤小狗，雷郑宇放下泰迪。钱小菲的目光随着小狗远去，无意中看到一个熟悉的身影。

"今天有最新的电影上映，下班我去接你好吗……当然啦，我当然是在约你啦……好，那不见不散哦！"熟悉的身影背对着钱小菲在打电话。

钱小菲站起来，茫然地跟着那身影走了几步，结果不小心撞上了正在跑步的外国友人，被撞的人没事，主动出击的钱小菲却倒在了地上。

雷郑宇叹了口气，上前扶起钱小菲。那个身影不见了，举目四望，只有陌生的路人。

"看到熟人了？"雷郑宇问。

"可能认错了，没事，回去吧。对了，我们今晚在家做饭吃吧，开销太大了，要省着点。"

"什么我们做饭，是我做饭吧。"

钱小菲双手合十，很虔诚地说："对对对，就是你做饭，你做的饭那么好吃，怎能让我来破坏呢。"

"想吃什么呀你？"

"红烧肉！"

"又吃肉？你要是再不管住自己的嘴巴，买再好的衣服也遮不了丑呀！"

钱小菲捏起拳头："你以为这就完了？我还要吃糖醋带鱼！"

"我终于明白，为什么你们公司里的其他女孩子是妖精，而你却是妖怪了。"

早已准备好的拳头砸向了雷郑宇："雷郑宇，你不毒舌会死啊！"

两人见招拆招、吵吵闹闹，并肩归家。

高沙沙推开实验室的门，走到陈教授的工作台，随手翻阅着桌上的资料和几瓶新样品，面色凝重。

陈教授走进来，看到高沙沙，问：："你怎么在这？"

高沙沙不动声色地将样品丢进口袋："我怎么在这，我难道不可以来找你吗？"

陈教授笑了笑，走到水池边洗手。

高沙沙又问："嘉荣，Reborn 的副作用还没有消除吗？"

陈教授收起笑脸，保持着一向的淡然，说："实验嘛，难免会有点意外。"

"我看到了客户的照片。"

陈教授还在洗着手，说："我说了，那是意外，我会想办法解决的，你不用多管。"

"可是……"

"你不用多想，要是没什么事，就回去吧。"陈教授抽出几张纸巾擦了擦手，避开高沙沙的目光。

高沙沙拉住陈教授，把他抵在墙上，面贴面地说："你对香味那么敏感，那现在，有闻到什么味道吗？"

"麝香。"

"果然厉害。那……喜欢吗？"高沙沙靠得更近了，一只手已经伸向了陈教授的下身。

陈嘉荣被勾起了欲望，看着高沙沙，撩起她一边的头发，吻下去。

刚要解开高沙沙的上衣，曹总出现在了门口，磨着指甲明知故问："你们在干吗呢？"

陈教授松开高沙沙，刚要说什么，曹总举起手，聚精会神地看看指甲，还吹了口气，说："Don't，don't speak anything，OK？我懂的。"说完扭着屁股离开。

高沙沙一把拉过陈教授，继续亲下去，哪想曹总又出现："下次办事的时候，记得把门关上，呵呵呵呵呵呵……"

大门"哐！"的一声关闭，两个身影交融成织。

屋子里一片漆黑，电视里放着日系恐怖片，雷郑宇嚼着薯片看得兴致勃勃，钱小菲侧身搂住他，眯着眼，想看又不敢看。

突然雷郑宇的手机响起，正好配上恐怖片的情节，吓得钱小菲"啊——"的大喊。

"喂？"雷郑宇按下暂停键，电视画面停顿在一个面色惨白、一头黑发的小女孩上。

"明天？哦，好啊，你来吧……对，就是这个地址，我不去接你了，你自己过来吧……嗯，好的，再见。"雷郑宇挂了电话，重新启动影片。

"谁啊？"

"我弟弟。"

"亲弟弟？"

"是表弟。要是亲弟弟就好了，我爸也不会吊在我这一棵树上了，真可惜。"

"哦，就是你说要来的那个？"

"对。"

"就是因为他要来，你为了不显示出自己的档次变低，所以才带我买高级衣服的？"

"你搞错一个问题，我的档次没有变低，是怕在你的映衬下显得低。"

"切！自恋！他什么时候来？"

"他马上登机了，到达这里大概要明天的这个时候，从纽约飞来，起码要十四个钟头。"

"纽约——又是一个纨绔子弟，败家子！"

"什么败家子啊，他只是一个小男孩，你可别伤害他幼小的心灵哦。"

当传说中的表弟真实地呈现在面前时，钱小菲才体会到雷郑宇的形容——小男孩——是多么的贴切：背着一帆布包，居然还带了只滑板，脸上贴着两道创口贴，头上扎着头巾，当然，头巾上的图案是美国国旗。

"小菲，这是小志；小志，这是小菲。"雷郑宇以美国式介绍双方。

小志把背包朝地上一扔："哦，菲姐，你就是跟我哥蹭吃蹭住的那个女屌丝啊！"

"虾米？"钱小菲怒视着眼前的小屁孩。

雷郑宇在一旁玩手机，就当没听见。

"菲姐，你也别怪我哥，他这个人是怪了点，也毒舌了点，但心肠很好的，时间久了你就会发现的。"

"那个，你能不叫我菲姐吗，就叫我小菲好了。"

"好的，菲姐。"

此刻门铃又响，钱小菲去开门，发现是高沙沙，开心地一把搂住，泪眼婆娑地说："女神，这么晚你却来了，虽然在平时是很不适宜的，但今天，你来对了。"

"干吗啊，你没事吧？"高沙沙被钱小菲的热情吓得举手投降。

"你来了，我们就二对二了，制衡。"钱小菲把高沙沙领进屋。

高沙沙和雷郑宇打招呼道："嗨。"又看到一个小志，便问："这个小朋友是谁呀？"

小志看到高沙沙，脚下的滑板一歪，"咣当"一声，小志倒在了地上，滑板滑向高沙沙脚边。

众人诧异地看着小志，小志倒在地上呆呆地仰视着沙沙，沙沙瞬间在小志眼中成为女神模样，身着希腊式白色长裙，头戴橄榄枝花环，身后飞舞着诸多小天使。

小志自我陶醉道："女神啊！"

"瞧你那点出息。"雷郑宇鄙视道。

小志半跪，如求婚般朗诵道："真的男上，敢于直面高高在上的女神。这是怎样的哀痛者和幸福者？然而造化又常常为庸人设计，以时间的流逝，来洗涤旧迹，仅使留下淡红的血色和微漠的悲哀。在这淡红的血色和微漠的悲哀中，又给人暂得偷生，维持着这似人非人的世界。我不知道这样的世界何时是一个尽头！"

"现在就是你的尽头！"钱小菲使出杀招，一只拖鞋飞向小志，正中靶心。

高沙沙终于体会此前钱小菲一对二时的苦衷，想溜之大吉："要不我们出去吃宵夜吧？"说完对小志做"拜拜"的手势。

"等等!"小志叫住他们,"我也去,我请客,想吃什么任意点。"

"你不是要去酒店见什么女同学吗?"雷郑宇问。

"什么酒店,什么女同学,现在都什么时候了,我是那种人吗!"小志迅速换上鞋跟了出去。

众人面面相觑。

午夜时分,还在营业的店也只有火锅了。四个人穿过两片街区,找到一家露天火锅摊,点了些热气羊肉和啤酒饮料。

"雷郑宇,你的职业是什么?"高沙沙问道。

"我的理想是做一名自由摄影师,不过,可能实现不了了。"雷郑宇给自己倒了杯啤酒,小口地抿着。

"你没想过做模特吗,或者明星什么的,我觉得你的形象很符合。"高沙沙说着还碰了碰钱小菲,意思是一起忽悠着。

"没想过,不感兴趣。"

"由我们'魅力'来为你做独家订制,肯定能成大明星。"

没等雷郑宇开口,小志抢答道;"女神,你看我行吗?"

高沙沙再次声明:"请叫我高沙沙。"

"好的,高沙沙女神,那我们现在就开始吧,我先做自我介绍,我叫雷小志,别看我名字叫小志,其实我的志向很高远,比我哥当摄影师强多了。"

雷郑宇冷笑一声,小志无畏,继续说:"我是天蝎座,B型血。"

高沙沙不想多搭理他,叫服务员快点上菜。

小志以为女神听得很开心,更加兴奋:"我最喜欢的食物是小熊饼干,经常逛的网站是微博,对了女神,你有微博吗,我们互粉。"

"没有。"高沙沙撩了撩头发，挡住小志的视线。

"我给你当司机。"

"我喜欢自己开，别人开我不放心。"

"我给你当保姆或者保镖。"小志说着还显摆了下肱二头肌。

"谁保护谁还说不定呢。"

"那你玩魔兽世界吗？"

"不玩。"

"你这也不玩，那也不玩，那你玩什么？"

"我玩男人。"高沙沙扬起头看着小志。

雷郑宇瞪大眼睛看着高沙沙，钱小菲则向高沙沙竖大拇指。

"我……就是……男人呀，你……玩我吧。"小志征求高沙沙的意见。

"你是男人啊？你最多算男婴好不好。"

三人大笑，小志恨恨地大口喝着可乐。

店家把菜上齐，钱小菲和雷郑宇争夺起第一片羊肉。两双筷子高接低挡如武林人士斗法，一番风云后，最终还是被雷郑宇抢去。

"我的羊肉！"钱小菲喊道。

"是我的羊肉。"雷郑宇学木糖醇广告里的语气回敬。

钱小菲还不死心，去抢雷郑宇的筷子，筷子被甩了出去，飞向高沙沙，掉在她那只限量的爱玛仕包包上。

"我来！"小志拿着湿巾冲到高沙沙面前。

"别动！我自己来！"

"不不不，你别客气，这种小事就让我来吧！"小志毫不退缩，奋力擦包。

哪想包口未拉紧，包里的东西散落一地，其中就有那几张惨不忍睹的面部照片，照片下还特意分别标注着：一号，五号，六号。

"这是……"钱小菲惊讶得说不出话来。

高沙沙沉默着将文件都收拾好，低头吃东西。

回到家中，钱小菲忍不住了，问："这究竟是怎么回事？"

高沙沙不想多说，套用陈教授的话道："只是实验意外罢了，不关你的事。"

"拿客户做实验？"雷郑宇问。

沙沙一字一句地说："教授说了，这，是，意，外。"

"那现在呢？客户怎么样了？"钱小菲又问。

"已经在治疗了，教授说他马上就能解决。"

"那就是还没真正解决咯？就敢发布产品？！"

"如果现在不发布，就赶不上今年的贝斯特科学大奖。那可是陈教授的梦想。"

三人僵持，只有小志天真地说："为什么非要赶这次，下次不行吗？"

高沙沙瞪了小志一眼："你们知道嘉荣为此付出多少努力吗？而且贝斯特科学奖每四年才评选一次，不能让他错过这次机会。"

"为了得奖就可以牺牲顾客的健康吗？！"

"这哪是教授，是禽兽才对吧。"小志嘀咕了一句。

高沙沙又瞪了他一眼："现在给客户使用的剂量都很小，只要控制得好，就不会有副作用，我自己也在用啊！"

钱小菲焦虑地说:"你真是乱来,拿自己身体冒险,曹总也同意这样做吗?"

高沙沙摇头:"曹总还不知道。如果他停止了教授的研发,评奖会受到影响,公司的业绩也会大幅下降……"

雷郑宇说:"那,你就为这些帮教授铤而走险。"

沙沙神情黯然地说:"嘉荣只是太过于痴迷他的研发,研发和得奖就是他的一切!"

"我看教授是走火入魔了!"

雷郑宇拉住钱小菲,示意她不要再说:"不只是陈教授,我看她也一样。"

钱小菲领悟到雷郑宇的意思,问高沙沙:"沙沙,你跟教授什么关系?该不会……"

高沙沙显然没有想到钱小菲会这么问,身体抖了一下,默不作声。

小志也有所领悟,傻傻地说:"女神,你……"

高沙沙低声坦白道:"我爱他。"

小志瞬间失落,像被戳爆一样瘫软下来。

"你们有没有考虑后果啊?"

小志突然激动地跳起来:"沙沙,你不能做这样的事,万一你出什么事,叫我怎么办?"

"你就别瞎掺和啦!"雷郑宇制止住小志。

小志不听劝:"这事我必须掺和!沙沙的事就是我的事!沙沙是我的女神,反正我绝对不允许任何人伤害沙沙!"说着看向沙沙,沙沙将视线转到别处。

"人家爱的可是陈教授!"

"那教授爱她吗？"小志反问。

高沙沙态度强硬地说："这是我和他的事，不需要你们指手画脚。"

小志小心翼翼地问："难道，你们已经结婚了？"

高沙沙咬咬嘴唇："反正我相信他。"说完拎着包冲出门。

"沙沙！"钱小菲在身后叫唤。

小志也想追出去，但被雷郑宇一手按在脸上，顺势压倒在沙发上。小志挣扎着，四肢乱舞。

高沙沙惊慌失措地回到家，发现卧室的灯开着，陈嘉荣教授正躺在床上翻阅杂志。

"你怎么在这儿？"高沙沙问，惊讶中带着欢喜。

"我想你了，就来了，不可以吗？"陈教授张开双臂，高沙沙的骨头像软化了一般，扑在他怀里。

高沙沙的衣服被一件件脱去，散落在地板上。一阵激情后，高沙沙覆在陈教授胸前，像个小女生一样崇拜地看着他。

"嘉荣，你爱我吗？"

陈教授避开高沙沙的眼神，亲了亲她的额头："怎么了？"

高沙沙回想起自己使用的新产品："今天我看到客户的照片了，我担心有一天我也会变成这样。"

"不会的。"

高沙沙稍稍起身，认真地问："嘉荣，改进后的 Reborn 还是会有副作用吗？"

"目前还没有一个准确的用量。"陈教授想了想，继续说："这个事不要让其他人知道。"

"可钱小菲也看到那些照片了，不过小菲很单纯，况且，我一直和她保持着距离。"

陈教授严肃地说："就是单纯的人才容易做傻事！留她在你身边是个隐患！"

高沙沙犹豫道："那……我总不能让她走吧？"

陈教授搂过她，温柔地说："至少现在不要离她太近，不如，让她去参加公司的旅游活动，正好疏远一下。"

高沙沙点点头："嗯。"

陈教授抚摸着高沙沙的手臂，一直绕到她的后背，再回到胸前……

高沙沙闭上眼睛，俯身又亲了下去。

第六章

━━━连几天，钱小菲全公司第一个到班，守在高沙沙办公室外拦截。但高沙沙不曾出现，连同陈教授的实验室也一直黑灯瞎火。

这么严重的事故，高沙沙居然如此漫不经心，肯定是被陈教授蛊惑了。钱小菲甚至开始担心高沙沙会不会因为走漏了机密而遭遇不测。

得知高沙沙失踪，小志显得比谁都焦急，竟然在网上掀起了一场名为"寻找高沙沙"的活动，可惜参加者寥寥无几。

一个礼拜后，部门经理突然放出消息，说本周末全体客户部员工赴东南亚的海岛度假。

毫无征兆就把我们拉出去度假？钱小菲觉得这样的安排肯定和高沙沙与陈教授的失踪有关系。

不过，其他女员工可没有钱小菲想得复杂，她们在意的是下班后赶紧去抢购最新款的泳衣，一定要抓住这难得的大好时机钓一个金龟婿。

小志坐在电脑前充当钱小菲的左右手，钱小菲只需动动嘴皮，小志忙得像狗。

"点开右边那个，不是这个，左边那个。"

小志不耐烦地移动鼠标："菲姐！菲爷！我叫你一声爷了成吧！你相中哪个就下手吧，你都挑好几个钟头了。我的战友在线等我打副本呢！"

钱小菲无所谓地说："也行啊，那你就去找你的好战友好基友吧，高沙沙的独家私秘照片，我看就算了吧。"

小志立马换了副晴朗面孔，说："哎，别啊，菲爷，你慢慢挑，爱挑哪个挑哪个。这家网站的优势就是选择范围广，服务周到。"

钱小菲拍了拍小志的肩膀："还是小志会说话啊，不像有些人，嘴巴抹了毒药。"说着把目光转向雷郑宇。

雷郑宇在收拾行李不为所动，随口问了句："这个周末去东南亚度假？"

"是啊，好突然的决定，我觉得肯定和实验意外有关。"钱小菲忧心忡忡地说。

"那，女神这几天一直不在吗？"小志问。

"不在，我一直等她，但她都没来公司，而且陈教授也不在，这两人一定在哪儿鬼混着呢！"钱小菲说完看到小志捂住耳朵，伤心欲绝的样子。

"你哥这是要去哪儿？"钱小非问小志。

"我哪知道。"

"你问问呀。"

"干吗又要我问，我又不关心他去哪儿，你关心你自己去问呀！"

钱小菲敲着桌子，嘀咕道："女神的照片呀，照片呀……"

小志向钱小菲赔罪："我的错，我的错，我这就问，我这就问。"说罢伸长脖子对着雷郑宇的卧室喊："哥，你要去哪儿？"

雷郑宇走出卧室："去云南。"

"去云南干吗？拍照吗？"

"嗯，去走走，如果有好的景色，那就拍一点。你们可不要想我哦！"雷郑宇将一只大型登山包放在客厅的沙发旁。

"切！自恋！我这可是公费旅游，东南亚小岛屿哎，你肯定没去过。"钱小菲得意忘形地说。

"菲姐，东南亚的岛，就没我哥没去过的，他还有别墅在那呢。"小志示意钱小菲低调，别在有钱人面前炫。

"你还是好好挑你的化妆品吧，别去了一趟海岛晒成非洲鸡，不过，反正你那张脸就摆在那儿，也好不到哪儿去。"

"滚！"钱小菲甩出拖鞋，但却被雷郑宇轻松接住。

"还用这招，我已经掌握你的出招路线了。"雷郑宇挑着钱小菲的拖鞋走回卧室。

飞机徐徐升空，钱小菲紧张得闭上眼睛，感觉耳膜在剧烈震荡。

空姐注意到钱小菲扭曲的面部，上前关怀："小姐，请问你哪里不舒服吗？"

钱小菲摇头，睁开眼睛，透过机舱边的窗户看到距离地面越来越远，又吓得扭过头，靠在旁边另一位同事的肩头。

"没事的，一会儿给她点吃的就没事了。"同事说。

空姐尴尬地笑笑，回到座位上。

飞机进入平流层，乘务人员开始派发食品。

"小姐，鸡排饭和猪排面，您想要哪个？"

钱小菲犹豫着，鸡排饭和猪排面，我该要哪个呢？"就这两种吗？有别的可以选吗？要不你把菜单拿我看看。"

"对不起小姐，没有菜单，航空餐只有这两种。您想单餐吃，要坐阿联酋航空。"

"哦，那我就要猪排面吧。"

空姐递来一份锡箔纸包着的餐盒。

"有什么喝的吗？"钱小菲问。

"有饮料和水，您想要什么？"

"有没有营养快线啊？"

坐在一旁的同事和空姐瞬间黑线。

"对不起，没。"

"那优乐美有吗？"钱小菲继续恶心着。

"也没有。"空姐一定很想拉开舱门一起死了算了。

"就知道你没有，没事，你没有我有。"钱小菲说着从背包里取出一杯优乐美："那麻烦你拿点开水给我，我自己泡。"

"您和这位小姐是一起的吗？"空姐问钱小菲的同事。

"哦，不是，我不认识她。"同事竭力撇清和钱小菲的关系，说完拿起报纸挡住自己的脸。

钱小菲两三口就吃完了盒子里的面，举手叫来空姐："能添饭吗？"

同事看不下去，把自己那份里的面包送给钱小菲，堵上了她丢人的嘴。

经过长达四五个钟头的飞行，飞机降落在海岛上，下降过程中钱小菲不再恐惧，望着窗外蔚蓝一片，陷入幻想——要是结婚的时候也能在这样的海岛上该多好啊！

乘务人员站在机舱口欢送旅客，但是轮到钱小菲的时候，没有说"再见"。

去酒店登记入住完毕，一帮疯丫头换上便装，带着泳衣，直奔海滩的露天晚会现场。

刚好夕阳西落时，昏暗的太阳在海的彼端像一个睡去的老者般沉入，这样状态的太阳，可以被凝望而不需躲避，好像身为恒星的所有骄傲都随着整个宇宙的洪荒沉淀在奇迹生命的小窗口里。

钱小菲坐在一艘废弃的小帆船里，瘦弱的身型在周围欢呼雀跃的人群中显得落寞且轻微。

曹总穿着大花裤衩，拿着望远镜，色迷迷地看着沙滩上的人，发出淫荡的笑声。在他的望远镜里，是帅哥的壮硕肌肉和俊俏脸庞，他看得整个人都酥软了，打着冷战，将望远镜对准了远处雷郑宇帅气的脸。

雷郑宇举起相机，对准一个背影，按下快门的刹那，身影转过身，一个女生清秀的面容定格在镜头里，宁静，干净。

钱小菲惊讶地望着雷郑宇："你怎么在这？"

雷郑宇收好相机说："我为什么不能在这？"

"你……不是说要去云南的吗？"

"我本来是要去，只不过，我向来随心所欲，想到哪里，就去了。正好你说去东南亚，我也就随便选了一个。"

"不可能！你一定是在跟踪我！临时选一个，你的签证怎么搞定？"钱小菲狡猾地说。

"拜托，我拿的又不是你们天朝的护照，还需要签证，加拿大护照是免签的好不好。"雷郑宇从相机背包里取出护照，上面清楚地用英文和法文印着：Canada Passport/Passeport。

"切！"钱小菲失落地坐回到帆船上，望着远方，追随夕阳下落的脚步。

"有心事？"雷郑宇陪着一起坐下。

钱小菲露出一个勉强的笑容，说："其实，我有的时候也会想，如你所说，像我这样一个女孩子还真是很可怜，长相一般，身材一般，学历一般，工作也一般，简直没有活的必要嘛。"说完看了看周围疯狂的女生们，一个个身材高挑，穿着暴露，与各色帅哥们聊得云里雾里。

"好不适应哦，以你这种偏低的大脑转速，就该整天嬉皮笑脸，苦大仇深不适合你。"雷郑宇明嘲暗讽道。

"雷郑宇，我警告你，不准再嘲笑我！不然，我让你真的雷阵雨！"

钱小菲挥动拳头，却发现身旁的雷郑宇已经躺在了船里；这个男生闭着眼睛，露着诡异的笑容，头顶上空有孤独的海鸟飞过，随着浪花拍打沙滩的"哗哗"声一起盘旋。

钱小菲看着雷郑宇陶醉的模样，深呼吸，学着一起躺下。

雷郑宇举着相机对准渐暗的天空，慢慢转向钱小菲，"咔嚓！"镜头里钱小菲纯净的脸上泛起一圈红晕。

"你又拍我！"钱小菲掐了下雷郑宇。

"就摄影本身来讲，尽管被摄主体业余了一点，但摄影人取景很独特，角度也很新颖，不信你看看。"

钱小菲不要看，说："只有高沙沙那种无死角的美女才上镜呢。"

"我觉得，还是天然的好，人造出来的，太多了。"

钱小菲接过相机看着镜框里的自己，扑哧一声笑了："虽然我是走天然路线啦，不过我觉得沙沙这样款式也不错啊，对男人来说很有杀伤力，比如小志。"

雷郑宇摇摇头，装出教师样，意味深长地说："任何东西，包装太精致了，反而会掩盖它自身的美。"他坐起，指着沙滩中的一枚贝壳说："它掩埋在沙滩上和摆放在水晶盒中给人的感觉是不一样的。"

钱小菲看着雷郑宇入神，雷郑宇转过头，调试相机，把之前拍的关于她的相片放出来。

"你看这张。"

钱小菲看到的是自己刚刚独自坐在船头远眺大海时的背影，有点不好意思，故意引开话题："你觉得小志和沙沙有可能吗？我觉得像沙沙那样的女人，太知道该如何玩这场游戏了，我怕小志会受伤。"

"不会的，你放心啦。"雷郑宇说："那个家伙是单细胞生物，就算受伤也会很快站起来的，就跟某人一样。"

钱小菲点点头："嗯，那就好……等等，某人是谁啊，你给我说清楚！"

雷郑宇料到钱小菲要爆发，急忙跳出船，钱小菲一路喊着追杀而去。

坐在电脑前打着《魔兽世界》的小志像个领导者一样对着麦

克风指挥队友，冷不丁打了个喷嚏。

沙沙女神，是不是你想我了？小志的魂魄飞到万里之外。

篝火晚会开始，任凭他人如何狂欢，钱小菲只顾得上吃喝，朗姆酒配海鲜烧烤，这就是钱小菲生命中最大的狂欢。

雷郑宇小口喝着饮料，观摩着钱小菲的狼吞虎咽。

"你怎么不吃啊，快吃点呀！回去没得吃了。"钱小菲把自己吃不完的大虾丢进雷郑宇的餐盘里。

曹总依旧是人丛中的焦点，身边围着无数美女，正乐得开怀大笑。

"那人就是我们的总经理。"钱小菲指着曹总说。

曹总正好看向这边，向雷郑宇举杯敬意，雷郑宇只好也举着饮料点头回礼。

钱小菲拍着鼓起的肚子，满足地说："吃得太饱啦，真好。"

"看你那吃样，哪像女孩子。"

小菲瞪了雷郑宇一眼，满脸醉意地凑到雷郑宇脸前："我就喜欢这么个吃法。来，跟本小姐喝一杯。"

"我不喜欢喝酒。"雷郑宇取过钱小菲的杯子放在吧台上。

"你一个大男人，酒都不喝。雷郑宇，你可真是一个很怪的人。脾气怪，说话怪，连名字也怪，你为什么会叫雷郑宇呢？"

"因为就像雷阵雨一样，不会在一个地方停留太久啊。"

不会在一个地方停留太久……听到这样的回答，钱小菲稍显有些哀伤。

"你知道雷阵雨过后会有什么吗？"

小菲摇摇头。

"彩虹啊！笨蛋！"

钱小菲"呵呵"一声："这个笑话好好笑啊。"说着自己咯吱起自己。

雷郑宇去洗手间，看到雷郑宇离开座位，曹总也推开身边的美女，跟了过去。

雷郑宇刚从厕所里出来，便看到曹总靠在厕所的门框上，一只腿抬了起来，悬空弯曲，抵在门框的另一边上，左手抚摸着自己的大腿，右手拿着酒杯，眼神充满着诱惑。

"帅哥——"曹总把酒喝尽，向雷郑宇眨了眨眼睛，抛出一个飞吻。

"你好。"雷郑宇着实被曹总吓到，急忙闪人。

曹总满脸娇羞地放下腿，扭着屁股走向雷郑宇："不要害羞嘛，我知道你在想什么，我，看得出人的欲望，你的爱。"说着用手指戳雷郑宇的胸口："在这个小岛上，让我们尽情地放纵。"曹总嘴巴噘起，向雷郑宇凑上去。

雷郑宇躲开熊抱，曹总扑空倒在地上，又指着自己的胸娇嗔道："帅哥，你为什么要躲人家？人家摔得好痛呀，来帮我揉揉，揉这里。"

雷郑宇真想一刀捅死他，飞奔出洗手间。

曹总还沉浸在自己的臆想世界中，呼唤着："等等人家嘛，不要跑那么外面，叫别人看见多不好意思呀……哎呀……"

看到雷郑宇落荒而逃的窘样，钱小菲问："你干吗这么激动，上个洗手间有这么累吗？"

"有变态啊！"雷郑宇拉起钱小菲走远。

"啊？这里也有变态啊！不过这里的吃的还真是多，吃得我爽死了。"

"走啦，是非之地。"

时光静逝，钱小菲和雷郑宇背靠着背坐在海边的一座礁石上。在天与海的交际处，开始有光亮传出。

"几点啦？"钱小菲睡意蒙胧地问。

雷郑宇看了看表："快四点了。"

"哦……我问你，我是不是真的很难看啊？"

"你怎么又问这样的问题，想什么呢你。"

"我讲个故事给你听好不好啊？"钱小菲转过头看雷郑宇。

"好啊，你说，我听着。"

"没诚意！我都自我坦白了，你还一副无所谓的样子。"

"嗯……那……请钱小菲小姐告诉我这个故事吧，我迫不及待了。"

钱小菲嘿嘿嘿地笑，说："大学的时候，我有过一个男朋友……"

"这还真没想到，居然有人追求你。"

钱小菲不在意雷郑宇的挖苦，继续说："那个时候真的很傻很天真，因为是他追的我嘛，所以我想，既然我答应了，那是不是就一定能一直走下去呢。"

"然后呢？"

"然后形势急转直下，真的，可能他发现我并不像他想的那样吧，对我很过分。下雨了，我给他送伞，他说要在自修教室多待会儿，要我先回去，结果，我一离开，他就陪着另一个女生走了，还以为我不知道呢，撑的还是我送去的伞呢，我真是助纣为虐。"

"真可怜。"

"还有呢，我送他巧克力，他居然丢掉，当着我的面丢进垃圾桶，气死我了！你说，明明是他追的我，为什么对我这么坏？"

"我哪知道啊，又不是我追的你。"雷郑宇说完这话发现钱小菲要哭了，赶紧站对阵营："那就跟他分手，对，分手！"

"哪还轮到我提分手啊，他直接找我分手了，说我们不合适。我就奇怪了，我们都不吵架的，怎么就不合适了呢？他说不是吵架不吵架的问题，而是我太土了，让他觉得很没面子。"

"是不是你以前比现在还要土啊？"雷郑宇问。

钱小菲在不断刺激下终于忍不住哭了出来，说："我还想挽回，就找他看电影，我知道他喜欢看电影，结果他根本不愿意再见到我，去找别的女生看电影去了。"

雷郑宇发现钱小菲哭得稀里哗啦，鼻涕都流到自己身上了。还真不如别的女生美，雷郑宇想。

"你是不是也觉得我很傻？"钱小菲问。

"是挺傻的。"雷郑宇实话实说。

钱小菲哭得更凶了，雷郑宇抱住她，太阳从海平面跃起，照亮大地。

"别哭了，你看，太阳都出来笑你了。"

钱小菲望着露出一角的太阳，泪水在眼中晶莹发亮，模糊了视线。

阳光同样洒在地球的另一处，陈嘉荣在床上翻了个身，感觉到身边空旷无人，睁开眼睛。

巨大的落地窗外是一片比东南亚更加湛蓝的海域，陈教授穿着睡袍走到阳台上，地中海湿暖的微风夹着咸咸的苦味吹乱了他发白的额发。

酒店下的沙滩上树立着一座沙碉，裹着超大围巾的高沙沙正在一旁打电话："小菲，你还在海岛上吗？活动还没结束是不是……回国后你先别去公司，在家等我，我有事找你……不，我现在不在，我在希腊，我乘下午的航班返回……对……好……拜拜。"

挂了电话，高沙沙抬头望望客房，看见陈教授正朝她挥手，高沙沙难过地笑了一下，走回酒店。

"嘉荣，我还可以治好吗？"高沙沙摘下面纱，满脸的红斑和血肿。

"不会有事的，你信我！"陈教授走到梳妆台边，将高沙沙搂在怀里，轻吻她的额头。

正动情时，高沙沙却将陈教授推开："嘉荣，我不想在这个时候给你留下不好的印象，我今天就回去了。"

"可你回去并没有用啊。"

"很多事情，不是一定要有用才去做，况且，你不做，如何知道一定没用呢？"高沙沙说着换了套衣服。

在她将衣服脱光的时候，可以看见整个身体都浮现出红斑，比那些顾客们的反应更加严重。

"沙沙……"教授从身后抱住她。

"我自己去机场，你不用送我了，你还有会议需要主持，这是你的事业，不要因为我有任何闪失。"

高沙沙拖着精致的行李箱走出房间，轻轻关上房门，偌大的套房里只留下陈教授无助的一个人。

钱小菲放下电话，察觉到身边还躺着一个人——一个男人！

雷郑宇睡得很安详，呼吸平稳，四肢规矩，怪不得每天晚上听不到任何声响，就像睡在坟墓里的吸血鬼似的。

钱小菲靠近雷郑宇，正好雷郑宇醒来，看见正在逼近的脸，忽然坐起。

"那个……"雷郑宇想说些什么，但没能组织好词语。

"我也不知道发生了什么事，应该……没什么……吧？"

雷郑宇检查了一下衣服，宽心道："哎——没事没事，衣服都穿着呢。我就说嘛，我再糊涂，再饥不择食，也不可能跟你那什么呀。"

"哼！"钱小菲跳下床收拾行李。

"怎么，你要走？"

"回去，刚刚沙沙打来电话，好像有很急的事找我，我等不到活动结束了，你呢？"

雷郑宇挠挠头发，说："那就一起回去吧。"

短暂的一天海外游不足以提高钱小菲的文明社交能力，刚上飞机雷郑宇就为自己的冒失后悔；当然，比雷郑宇更不幸的是这次航班的空乘人员，陪同钱小菲再次大无畏地上演了一遍来时的情节。

飞机刚停稳，雷郑宇第一个取下背包飞奔出去。

钱小菲的嗓门像扩音器一样叫着雷郑宇的名字，雷郑宇尴尬地对空姐说："对不起，我不认识她，可能有人泄露了乘客信息，你们要好好查查，拜。"

雷郑宇在机场外的出租车候车区等钱小菲。

回到家后，钱小菲一切都很适应，但雷郑宇站在门口进不了屋——这哪还是人住的地方啊！雷郑宇把睡在沙发上的小志叫醒，强制义务劳动。

"你们怎么这么早就回来了呀，没事也不多玩两天。"小志把垃圾收拾进塑料袋，又去洗手间找拖把。

"你的女神出事了，所以我们就提前赶回来了。"钱小菲说。

"啊？女神她怎么了？"小志紧张地问。

"现在还不知道，等她来了，你自己问吧。"雷郑宇指着地板，要小志别转移工作重心。

三个人一直在等高沙沙的消息，晚上快十点的时候，高沙沙给钱小菲发了条简讯，要她不要惊动别人，自己一个人下楼。

钱小菲看看雷郑宇和小志，这两人已经倒在沙发上睡着了，便放心大胆的走出家门。

高沙沙站在楼下，如此黑夜，她还裹着面纱戴着墨镜。

"你干吗啊，有必要吗，担心狗仔追到我这？"

高沙沙也无意隐瞒，摘下防护工具，钱小菲瞬间傻眼。

"沙沙你怎么了？"钱小菲都不敢伸手去摸高沙沙的脸。

"我该怎么办呀小菲，真的没脸见人了。"

"你是不是也用了那个……"

高沙沙点点头，充满悔意。

"你明明知道那个产品有问题，还用，你傻不傻啊。"

"我也不知道会这么严重呀，我只想比别人更漂亮点嘛。"

爱美之心害死女人啊！钱小菲觉得高沙沙无比可怜，抱住她轻轻抚摸。

"小菲，公司准备要大批量使用这款新产品了。"

"什么，新的试验资料不是还没出来吗？！"

"教授说，可以先使用老配方，以后再给客户使用抑制副作用的补充制剂。"

"陈教授这样太过分了！"

"他也有自己的苦衷。"

"苦个屁，你看看你都这样了，还推广？！"

"他说，早期出现红肿过敏的反应是正常的。"

"你都这样了还正常？我真想给他打上十针，这个混蛋，必须有人阻止他，你有没有找曹总谈过？"

"我想去找他，可是，我怕……"

"那曹总回来后我去找他！你回家等我消息，这几天都不要出门了，更别再用那些产品了。"

高沙沙听取了钱小菲的意见，将一只文件袋交给她，又用眼镜和面纱蒙蔽住脸，躲开路灯的照射，消失在冷清的夜色中。

第七章

两天之后，曹总带着大队人马回到公司，钱小菲连跃四级直接找到曹总。

"找我有事？"曹总皮笑肉不笑地问。

"是，很重要的事。"钱小菲说着就要拿资料。

曹总指了指钱小菲身后，说："先把门关上。"待钱小菲关好门，又说："小姑娘，你知道你直接来找我，越了多少级吗？"

"事关重大，越多少级我也得越。"

曹总欢喜地拍拍手："有个性，人家好喜欢。那……说说你的重大事件吧。"

钱小菲将资料一字排开，数据和照片呈现在曹总眼前，曹总拿起照片看看，放下，再拿起实验数据，嘀咕一阵。

"很正常。"曹总做出了简短的总结。

"这样还很正常？"

"是啊，这种状况之前也出现过，不用担心，陈教授会搞定的。"

"可是，在还没搞定之前，怎么能对客户使用呢？"

曹总一脸不解地看着钱小菲，很正义地表态道："怎么可能呢，怎么可能在存在缺陷的情况下就给客户使用呢，这绝对不会发生，这批产品在没有经过严格检验后是不会大批量生产的，我们'魅力'可是有信誉的大品牌。"

钱小菲不太相信曹总的自我澄清："那……已经出现的问题该怎么办，万一她们找媒体曝光怎么办？"

曹总轻松地笑着："这个你不用担心，我们'魅力'也是有公关团队的，再说，这些出了问题的用户和我们也是签约的，既有保密协议，也有自愿协议，所以，即便真闹起来，我们也不会有损失。倒是她们，会被戳穿，原来是人造美女，估计前途什么的都没了吧。"

钱小菲担心的问题在曹总眼中全都不是问题，受害的顾客反而成了被动的一方。

"你作为公司的员工，能如此为公司利益着想，我很感谢。"曹总走到钱小菲身边，上三路下三路地打量了一番钱小菲，嘴巴里发出啧啧声。

"怎么了？"钱小菲被看得起了鸡皮疙瘩。

"底子，还是好的。"曹总又转了一圈："不过，女性特征……不明显。"

"啊？"

"小菲菲，你有考虑过让自己的胸部更大点吗？"曹总说着还在自己的胸前比画了两下。

这一比画太过形象，钱小菲难以想象曹总长出一对大胸的模样，完全被恶心到，连忙摆手说："不要不要，我觉得这样挺好。"

"挺好，但——不够好。"曹总双手交叉，以一种专业人士的目光审视着。

"曹总，我先走了，我还有别的事要做呢。"

"别急嘛，怕什么，怕我吃了你呀？Listen！只要你做了丰胸手术，这一切，就 perfect 了！"

"我真的不用，我这够用了。"

"不思进取！够用哪成啊，今天够用，明天就不够啦！身为'魅力'人，怎么能如此没有危机意识呢？"曹总仿佛生气了："胸部，对于一名有追求的女性来说，是很重要的。'魅力'的丰胸技术可以说已经非常先进了。很早以前，我们就抛弃了传统注射奥美定的手段，那会让女人的胸部非常糟糕。"

"奥美定是什么？"钱小菲问。

"Oh my god！奥美定是什么你都不知道？"在曹总看来，做这行的人，居然不知道奥美定，那就跟养猪的人不知道猪一样，"奥美定会扩散，会让你的胸掉到肚子里去，那真是……Terrible！"

钱小菲又想象了一下胸部出现在肚子上的情形，再次被恶心到："那我们现在用什么技术？"

"Good question！我们现在主要采用的是自体脂肪隆胸。比如说，你觉得大腿太粗，那就把大腿部位的脂肪挪到胸部里去，这种做法非常的自然，非常的安全，轻轻一挤，就会有迷人的事业线出现，还有减肥的功效，事业线呀，让男人对你不再迷茫，指引前进的方向！"曹总挤着自己的胸，一脸陶醉的模样。

趁曹总陶醉之时，钱小菲挪到了门口，一溜烟冲了出去。

曹总还依依不舍道："哎，你听我说呀，现在硅胶丰胸也很成熟了，手感很真实的……"

淋浴室内热气腾腾，水顺着钱小菲的头发流淌下来，她看着自己的胸，用手戳了两下，又挤了挤，想起曹总的话：事业线呀，让男人对你不再迷茫，指引前进的方向！

是不是真的应该改造下了呢？钱小菲换上卡通睡衣站在镜子前思索，硬往身体里塞东西，太可怕了。俗话说，女人的乳沟就像海绵里的水，挤挤总是有的。想到这一步，心情又豁然开朗。

刚走出浴室，厨房里飘来的菜香就将钱小菲的灵魂勾引得飞了起来。

"真香啊，我觉得你的烹饪水平不输大厨哎，你可以考虑转行了，实在不行就在小区外搭个帐篷卖大排档好了。"

"少废话，要不要吃，要吃就给我坐好。"雷郑宇把菜盛出来，四菜一汤，色香味俱全。

钱小菲直接上手，拿了块小排丢进嘴里。

"哎，女屌丝就是女屌丝，要是高沙沙，一定会吃得十分优雅。"小志将钱小菲粗鲁的吃法和他臆想中的女神进行了对比。

"去拿筷子，别只顾着意淫了。"钱小菲拍着桌子抗议。

"你有找过那个曹总吗？"雷郑宇问。

"找过啦。"

"他怎么说？"

"他说没问题，他相信陈教授能够找到解决的方法；而且，对于那些客户，他也摸清了她们的心理，完全不担心。"

"那沙沙呢，沙沙怎么样了？"小志抱着一大把筷子。

"一共三个人，你拿这么多筷子干吗？"

"快告诉我，沙沙怎么样了。"

钱小菲做了短暂的思想斗争，说："你的女神高沙沙状况也非常差，她也使用了那批新产品，效果很不好，在长红斑和血肿，现在应该是把自己锁在家里不出门了。"

"啊——我的女神啊！"小志难受得直跺脚："我要去找她！"

"她不会见你的，省点心吧。"

"我程门立雪，不信女神这么残忍！"

"她可就是以残忍著称的哦。"

"我不能听你们一面之词就放弃，明天一早我就去，我给她送早饭去。"

雷郑宇和钱小菲相互看看，任小志去了。

"慢点吃，以后你吃饭的时候，我在你面前放一面镜子，好让你自己看看是怎样的吃相。"雷郑宇伸手将钱小菲脸颊上粘着的一颗米粒拿掉。

"你没看到我们公司里的那些女妖孽，吃午饭都是一口米饭两口青菜就解决了，我哪好意思吃太多？就扒了小半碗，没半个钟头就饿了，一直饿到现在。"钱小菲一口米饭一口排骨，碗边的骨头已经垒成了一座小山。

"要我给你添饭吗，菲爷？"小志问。

钱小菲连着扫了两口饭，碗干净得一颗米粒都不剩，交给小志："去吧！"

"你在这家公司工作，开心吗？"雷郑宇问。

"还行吧，开心谈不上，反正就是一上班拿工资的地方，我又不指望什么，所以也不和别人抢什么，与世无争。"

小志添满了米饭，递给钱小菲："嗯，与世无争，挺好，和我哥很般配。"

钱小菲一边装模作样地表示饭盛多了，一边毫无压力地接过来猛吃。

"幸亏我哥有钱，经得住你吃。"

"闭嘴！"雷郑宇拿起筷子要戳小志。

"我们公司美女可多了，要不要介绍几个给你拍拍？"钱小菲问。

"不用。"

"还装君子呢，别以为我不知道你们这些打着'摄影师'、'艺术家'名号的人干的都是些什么见不得人的事，网上艳照多着呢，披着羊皮的狼。你说说，有多少模特为你的摄影艺术献身？"

没等雷郑宇反驳，小志拿出 iPad 发问："说，哪个网上有艳照？"

基于这些天小志犬一样的努力和忠诚，钱小菲把高沙沙的MSN、QQ、手机、微博，以及家庭住址全都告诉了他。

小志新的征途启程了。

"你觉得没问题？"钱小菲问雷郑宇，他们目送着小志上了出租车，开往高沙沙的高档小区。

"当然有问题啦。"雷郑宇说着掏出两百块钱："我赌两百块，赌他追不到高沙沙，你呢？"

"我才不赌呢，他肯定追不到高沙沙，凭什么要我赌他能追到。"钱小菲说完这话发现实在是太伤害小志了，好在小志不在。

"那……我赌他能追到。"

"哎……这个嘛……"钱小菲翻遍口袋只掏出八十块钱。

出租车在高沙沙的小区外停下，小志付钱下车。

门卫迎面而上："你是谁？"

"我是雷小志。"

"从哪来？"

"从后面来。"

"到哪去？"

"到前面去。"小志充分学习杨子荣。

"你住这里吗？"

"暂时不住。"

"那你进去干吗？"

"找人。"

"找谁？"

"你谁啊，我找谁关你什么事？"小志见女神心切，不太想继续玩下去了。

门卫伸出左臂："知道这是什么吗？"

小志看到一个写着"SECURITY"的臂章："我知道，你知道吗？"

门卫也看了看自己的左膀子，说："我当然知道啦，这叫'闲人莫入'！"

"去你妈的闲人莫入！闪开！"小志推开门卫。

"哎！"门卫拉住小志："我们作为门卫，就要站好这个岗，保卫业主的生命和财产安全，我们……"

"你别跟我这背诵内部洗脑的培训条例，我找人有急事，你闪开。"

"那你告诉我找哪家哪户，我打电话问问，经过批准你才能进去。"

小志服了这门卫的职业操守，把钱小菲写给他的纸条递过去。那门卫还特意戴上眼镜，跟在出版社工作的人似的。

"喂，您好，请问您是 × 号 ××× 室的高沙沙小姐吗……哦，我这边是门卫，有人来找你，我们想核实一下……喂？喂喂？"门卫连喂了几声，不解地看着小志，说："挂了。"

"你让我来。"小志拿起电话，按下"Redial"。

"喂？"高沙沙的声音传来。

"女神，是我啊！"

门卫看到小志一改之前的高帅富形象，活脱脱一"求合体"的贱样。

"女神，你别挂，我真的是来帮助你的。"小志恳求道。

"你一坐出租车来的小民工，能帮到住这豪宅里的人？"门卫搭茬。

小志伸出食指指了指门卫，对着话筒说："你让我进来吧，你要是不让我进来，我就在这不走了，一直等到你同意为止。"

"哎，这个不行啊，我们这保卫部门可是机密单位，外人不得长期逗留。"

小志又指了指话唠门卫。

"那你把电话给门卫吧，我跟他说，让你进来。"高沙沙答应了小志的请求。

经过简短的沟通，小志被批准进入小区。

什么高档豪宅，还不如我那幢湖边的小木屋呢。小志大摇大摆地走向高沙沙的那幢楼。

高沙沙家的房门直接开着，但小志还是礼貌地敲了敲门，尽管也没有得到女神的应允他就走了进去。

高沙沙穿着几近透明的丝绸睡衣在厨房里榨果汁，脸上一如既往地裹着面纱、戴着大蛤蟆镜。

"沙沙，我来看你了。"小志关上门说。

"看我，看我什么？看我出丑吗？"高沙沙倒了两杯果汁，把其中一杯递给小志，问道："知道我为什么让你来吗？"

"为什么？"

"因为你和我最不熟。"高沙沙喝了口果汁，示意小志随便坐。

"但我想和你熟啊！"小志决定不管女神的屁股有多冷，自己一定要把热脸贴上去。

"我想你还没有搞清楚情况，像你这样的小屁孩我见多了，我对你没有兴趣，而且，我们之间的差距也太大了点。"

"我可以弥补这个差距。"小志拍着胸脯豪言壮语道。

"这话我也听多了，麻木了，而且，你也知道，我对你没感觉，我爱的是陈嘉荣。"

小志感觉被刺了一刀，但还是坚持住了："可他是在利用你，难道你感觉不到吗？"

"人本来就是相互利用的，利用你，说明你有价值，所谓的真感情，其实也是一种利用，爱这个东西也不过是为了满足自己心理的一种需求，给自己一个借口去占有罢了。"

"我就是单纯的爱你的，绝对不会利用你。"

高沙沙笑了笑："你还真是可爱，你很有意思，不过你的可爱也暴露了你的无知和天真，别整天把'爱'挂在嘴边，说多了，就贬值了。"

"你老这么贬低我，就是为了让我不喜欢你？"

"不是，我只是在陈述你给我的真实感觉，你喜欢我或不喜欢我，对我来说，没有任何影响，难道我会因为你喜欢我而自豪或是因为你不喜欢我而沮丧吗？"高沙沙一字一句中都带着强大的杀伤力。

好在小志单细胞，前赴后继道："我说不过你，我只是想让你知道，不管你发生什么事，你都是我心中的女神，从我见到你的第一眼，你就是了。"

"我现在已经不是你第一眼见到时的样子了。"高沙沙说着将脸上的面纱和墨镜摘下。

小志看到原本精致美丽的脸上竟然出了这么严重的状况，心疼地说："那……我可以为你做点什么吗？"

高沙沙摇摇头："你觉得你能做什么？"

"赴汤蹈火，在所不辞！"

"全都是虚话，你快回去吧，不然你哥要担心了，还以为我会把你给怎么样了呢。"高沙沙说完起身替小志开了门。

小志走到门口，没有出门，却抱住高沙沙的腰，像个孩子一样把头靠在她胸前。被一个成年男子"袭胸"，高沙沙竟然没有觉得是一种侵犯，任小志抱着，直到感觉有水迹。

"你哭什么呀？"高沙沙问。

"因为我居然抱到你了。"

OMG！高沙沙不知道该说什么才好，怀疑自己是不是母爱泛滥了，又把小志带回到沙发上，说："你要是愿意就待着吧，我不赶你走了行不行。"

小志趴在高沙沙腿上，咽着口水点头。

在这座城市中心的一幢地标建筑内，五十五层，有一间咖啡厅，原本有着三百六十度的景观，不过现在少了九十度，因为地标的正南又建了新的地标，高出十几米。

一个中年贵妇坐在临窗的位置上喝咖啡，脖子上、耳朵上、手指上，都佩有重金属物件。不多时，一个戴着黑框眼睛的文弱书生在她对面坐下，从公文包里抽出一叠相片放在圆桌上。

中年贵妇拿起相片大致上扫了两眼，放下，继续喝咖啡。

书生又掏出一叠资料放在贵妇面前，说："这是那个女人的全部资料。"

"你这个私家侦探是怎么当的，这些照片能说明什么？连张接吻的都没有，怎么说服人？"

"可是，他们在公共场合的确很注意言行，我无法潜入到室内为您搜索证据，而且……"

"不要说了，资料带走，照片留下。"贵妇说着将早已准备好的信封丢给私家侦探，叮嘱道："给我继续盯着。"

窗外的高度已经超越了一般鸟类的飞行极限，中年贵妇站在窗边，眼看着天色转暗。

陈嘉荣教授从机场的海外到达口走出，曹总眼尖，立刻迎了上去。

"我看了你在巴黎做的演讲，已经登上杂志了，十分精彩，好评如潮，我很喜欢。"曹总拍着手说。

陈教授没有搭话，将手里的外套挂在曹总肩上，直接走出机场，坐上一辆商务车。

曹总跟上车，按下座椅前的按钮，在驾驶位和后排座位间形成一道隔音玻璃。

"希腊之行还满意吗？"曹总戳了一下陈教授。

"什么希腊之行？"

"装，在我面前就不要装了嘛，放松一点啦。"

"我不懂你在说什么。"

曹总不习惯陈教授的演技，从口袋里掏出几张照片递给他，说："我都说了，别装了，你和沙沙的希腊之行，我都知道。"

陈教授接过照片，先是几张他和高沙沙的海边漫步，接着是烛光晚餐，最后则是酒店客房里的缠绵，不过那缠绵也只在窗帘上印出一道影廓。

"什么意思？"陈教授把照片还给曹总。

"没什么意思，就是想告诉你，办事要小心，上次在实验室你们都忍不住，叫我真的很难做人哎。"

"谁给你的照片？"

"谁给我的你就别管了，反正是我们的人，你知道这点就好，不过，你夫人那边……"

"杨燕知道了？"

"你说呢？我想……可能知道的不如我们这么清楚吧。"

"送我回家。"

"负荆请罪？"

陈教授打开隔音玻璃，对司机说："先不去公司，麻烦送我回家。"

司机点头答应，在下个路口转了方向。

市郊一片还未开发成熟的湖面，临湖是一圈两三层楼不等的别墅。

商务车在一座难得有灯亮的别墅门前停下，陈教授取下行李。

"嫂子知道的不多，你别不打自招啊。"曹总说着忍不住笑起来。

陈教授站在门外，想到之前看见的那些照片，有些愧疚，深呼吸一口，按响了门铃。

门内传来脚步声，"嘉荣吗？"妻子问。

"是我。"

门开了，一向贵妇打扮的妻子却穿着围裙，戴着塑胶手套。

"我正在做晚饭，你回来得正好，你说中途要转机，我还担心你误点呢。"妻子说着帮陈教授将行李箱搬进屋，又要取拖鞋。

"杨燕，我自己来。"陈教授拉住妻子的手。

妻子的动作僵硬住，半晌才说："那我回厨房了，锅里还煮着鱼呢。"

陈教授点点头，自己取出拖鞋换上，走到客厅时，看到妻子在厨房里笨拙地忙活。在他的记忆里，妻子好像从来没有下过厨。

至于第一次见到杨燕的情形，如果不翻开日记，怕是也记不清了。

过去的时间太久，起码有三十年了。

美国东海岸的纽约时装设计学院，陈嘉荣作为哥伦比亚大学生物工程的交流生第一次见到杨燕，在学校的时装展上。

主攻生物工程的陈嘉荣因为校方礼节而被安排在了第一排的位子上，看了还不到半个钟头，他就有点昏昏欲睡。这种对创作者极大的不敬引起了旁边的杨燕的反感，她踩了下陈嘉荣的脚，将其唤醒。

之后的故事就像浪漫的爱情电影里描述的那样，时装展结束后，陈嘉荣追上杨燕，为自己不礼貌的行为道歉；在得知对方是个学理工科的书呆子后，杨燕大度地原谅，两人一起在服装学院里散步，走了好多圈，走累了便坐在草坪上聊各自的成长经历，这是陈教授一生中最难忘的一个下午。

甚至要比他向杨燕求婚时更加难忘，因为他们俩的婚姻看上去是那么的按部就班、理所当然，经过长达七年的恋爱，陈嘉荣决定回中国，而杨燕之前一直以为这个男人会随自己去欧洲，意大利或者法国之类的地方。

"你和我一起回去吧。"在杨燕答应和自己结婚后，陈嘉荣这样问。

"可是回中国，我的事业就完了，我在这里所学的一切都没有用武之地。你知道，我这样的行业，是不能有一天的落伍的，随时都可能被世界抛弃。"

"我可以养你，你不用担心经济问题。"

"这不是钱的问题。"

"我爱你。"

和大部分女人一样，当陈嘉荣说出"我爱你"这三个字后，杨燕就失去了抵抗能力。一个月后，他们登上了回国的航班。

日子就这样轻描淡写地过去，陈嘉荣的誓言也算实现了，杨燕没有再出去工作，衣食无忧，在家看看书，偶尔画些画放在画廊里寄卖，每年不定时地去欧洲某个国家度假。在这令人艳羡的表象之后，只有一件事陈嘉荣没有做到，那就是——我爱你。

陈教授的事业蒸蒸日上，他身边的环境也渐渐发生着巨大的改变：他不再按时回家，并且有着各式各样令你无法反驳的理由；开始和别的女人出席特定的场所，杨燕知道这只是逢场作戏，但心里依旧难受，她想到的是几十年前陈嘉荣牵着她的手，在学校圣诞聚会上的一曲双人舞蹈；再往后，就不再是逢场作戏了。

杨燕很早就知道高沙沙这个女人的存在，漂亮，身材好，床上功夫应该也不错，这样一个女人，有哪个男人会坐怀不乱呢？

这算是一种默许和放纵，她知道男人在外面遇到这样的事是难免的，特别是像陈嘉荣这样多少有些"成功范"的男人。

如果能有个孩子，是不是就不一样了呢？

"我们为什么不要一个孩子？"杨燕曾经这样问过。

"我还没有准备好做一个父亲。"陈嘉荣如是回答。

这个准备期也太长了点吧……杨燕的私人医生在她过了三十岁后就不停地提醒，如果再不要孩子的话，最佳生育年龄就真的过了。

为此，杨燕曾擅自偷偷地用针将避孕套扎了个小孔，但令她失望的是，这些旁门左道都没有令她成功怀孕，所以每当她看到电视上或路边电线杆上贴着的关于无痛人流的广告时，她甚至都会羡慕那些去堕胎的女人，这是她求之不得的机会。

过了四十岁后，私人医生不再跟她提怀孕的事，通过医生态度的转变，杨燕知道，自己作为一个女人所能享有的荣誉几乎已经全盘丧失了。所以，替代品就在这个时候顺理成章地出现。多少有点安慰的是，陈嘉荣也没有和这个叫高沙沙的女人生下孩子，或许，人家还不愿意呢。

换好衣服的陈教授走进厨房，从身后抱住妻子："家里的佣人呢？"

"我放她们假，家里也没什么需要她们做的。"

"杨燕，我……"刚想坦白的陈教授想起曹总的忠告，到底要不要把一切都说出来呢……

"怎么了嘉荣？"

"你是不是知道了些什么？"陈教授先试探了一下。

妻子停下手中的活，而灶台上的火并没有灭，锅里的汤汁在沸腾。

"我知道什么？"妻子反问道。

"关于……我在外面的事情。"

"你在外面的事情？你是指什么？"

"我和别的女人。"终于说出了这句话。

"你在外面的女人那么多，你是在问我知道哪个？"

陈教授没想到妻子会做出这样的回答，难道她真的这么豁达吗？

"高沙沙。"陈教授说。

"高沙沙？你们公司的那位美女？"

"杨燕，我……"

"先别说这个了。"妻子把锅里的鱼盛出来："把鱼端到桌上，我再炒个蔬菜就好了。"

四个钟头之后，陈嘉荣和妻子坐在床上，妻子在阅读一份关于巴黎时装周的简报，陈教授突然想起自己给她买了一件新款的披肩，波西米亚风格。

收到礼物的杨燕把披肩披在身上，说："这样的设计，我二十年前就知道了。"

陈教授笑笑，说："我知道，我就是觉得这披肩和很多前年你自己织的一款很相似，所以才买的。"

杨燕看了看丈夫，很意外，那么久远的一件小事他还记得。

"睡吧。"陈教授说。

杨燕关了灯，问："你是不是遇到什么麻烦？"

"麻烦？什么意思？"

"以前你每次从国外参加会议回来，都会和我讲好多遇到的新鲜事，要么就说你又取得了多么重大的突破，怎么这次不讲了？"

"因为……因为没有什么好讲的。"

"所以我才问你，是不是遇到了什么麻烦。"这是杨燕自己总结出的逻辑。

"没有，别多想了，睡吧。"陈教授拍拍妻子，转过身强迫自己睡着。

一夜无梦，第二天醒来的时候，妻子已经在做早餐，牛奶，煎蛋，抹着巧克力酱的吐司，一份果蔬沙拉。

"今天你要去公司吗？"杨燕问。

"要去，怎么，你有事？"陈嘉荣一口喝完牛奶。

"哦，不，没有，只是问问，你自己开车去，路上小心。"杨燕抽出一张纸巾擦了擦丈夫的嘴角。

"好，知道了。"

临出门的时候，杨燕又问："今晚你想吃点什么？"

"嗯……做点你喜欢吃的就好，我都 OK。"

曹总今天很早便到了公司，前台小姐告诉陈教授，曹总来得比她还早。

陈教授包都没放直接去了曹总的办公室，看见曹总正悠闲地抽着雪茄。

"这么急，有事啊？"曹总问。

"我要辞职。"陈教授将公文包丢在沙发上。

"辞职？ Are you kidding me ？"

"我是认真的，这个项目我无法再坚持下去，我劝你也及早放弃的好，不然等事态恶化扩大，你再想弥补就来不及了。"

"恶化？ 弥补？ Oh my god ！你居然把我们的毕生事业描述得跟生化危机一样，我们是制造美丽的好不好，你是不是说反了？"

"以目前的水准，Reborn 只会带来灭亡，不会带来重生，不是对自己没信心，而是我知道自己的能力，这个产品你不能发布。"

"哼哼。"曹总冷笑两声："看来你去了趟欧洲，对国内的事态就不那么了解了，这个产品不能发布，现在就算我想发布也发布不了了。"

"什么意思？"

"因为……除了你和我，还有别人知道了 Reborn 的缺陷。"

"你是指高沙沙？"

"Oh shit！高沙沙也知道了？我还以为只有钱小菲那个傻女人知道呢，原来你的床伴也知道了，这就复杂了，要封的口一下子多了起来，真麻烦啊。"曹总站起身，走到窗边，正好看见有工人在清洗外墙，便拉起了窗帘。

"你打算怎么做？"陈教授问。

"我打算怎么做？老兄，应该是你打算怎么做吧？那女人是你的人，钱小菲是你女人的朋友，所以不该你问我怎么办，而应该想想你如何解决这个问题。"

"我想到的解决方法就是，承认错误。"陈教授重申观点。

"What？承认错误？我犯了什么错？那些女人要漂亮，我满足她们，我错了吗？"

"我知道你无法放弃现在所拥有的东西，我不勉强你，你可以把责任归咎于我，我来承担。"

"你来承担？你说得好轻松，你怎么承担，你难道不是我们'魅力'的一员吗？你以为那些记者、媒体，以及我们的对手会把目光定格在你身上吗？不可能，他们要摧毁的是'魅力'，不是你，也不是我！"曹总激动地走到陈教授面前吼道。

"是我们自己摧毁了'魅力'。"陈教授依旧平静。

"我不想再继续讨论这件事，你只需要完成自己的任务就行，你还有时间，尽量想到方法来弥补，不然，你别指望能全身而退。"

"你威胁我？"

"目前还不是，不过，如果你不听话，恐怕我就要用一些非常规手段了。你和高沙沙的事，嫂子知道得还不是很清楚，所以，你别想一走了之回去享受天伦之乐，那样对我太不公平了。"曹总用标志性的动作戳了戳陈教授。

回到实验室，陈教授给高沙沙打电话，响了很久无人接听。

他挂下电话，翻阅着最近的几次实验报告，发现一组数据出奇的离谱。

或许有希望！陈教授换上白大褂，在显微镜下操作起来。

杨燕在家整理陈教授的行李箱，翻到一只盛着溶液的玻璃瓶，贴着"Reborn"的标签。

Reborn？这就是嘉荣最新的产品？杨燕揭来瓶盖闻了闻，很清淡的香味，又取了一滴敷在手背上，很快便被吸收，没有什么不适反应。

她想到照片上的高沙沙，那种青春的面庞和身材，也曾经属于过自己。

恰好电视里在放一个女性节目，男主持人兴高采烈地宣告：世上没有丑女人，只有懒女人！

杨燕看着手里的 Reborn，走向化妆台……

　　小志现在游戏也不玩了，每天的行动就是按照 Reborn 上的成分在网上搜资料，看有没有哪种物质可以消除 Reborn 的影响。

　　"你劝劝你弟弟吧，别折腾了，人家陈教授都还没研究出来呢，他指望百度能解决。"钱小菲觉得雷郑宇这种不管弟弟死活的行为十分冷血。

　　"他愿意你就让他去，不然错过什么他会后悔的。"雷郑宇坐在阳光下擦镜头。

　　"芦荟行不行啊？"小志自言自语着，又对钱小菲说："芦荟可以治痔疮，你可以试试。"

　　"试你妹啊！你为什么肯定我有痔疮？"钱小菲恨不得把电脑电源给拔了。

　　"我随便说说，女人不是一般都有痔疮吗？"小志看都不看钱小菲，直说："我帮你把资料保存好了，你要是不好意思，以后一个人在家的时候慢慢看。"

　　"谁要你保存啦！你怎么比曹总还了解女人？你去问你的女神有没有痔疮好了！"

　　"痔疮和女神是绝缘的，痔疮是专门属于你这样的女屌丝的。"

　　"我看你和女神才是绝缘的吧！"钱小菲说完气冲冲地出了门。

　　"去哪啊你？"雷郑宇站在阳台上向下问。

　　"上班！"

　　"高沙沙不是不让你去公司了吗？你还是在家待着好了。"

　　"那我就去找沙沙，我不想和你那活宝弟弟待一块！"

钱小菲走出小区，一个穿着黑色卫衣的男子举着相机朝她快速按动快门。

一叠钱小菲的相片陈列在桌上，Lisa 跷着腿，从对面男子的视角看过去，Lisa 的短裙几乎遮蔽不住春光。

"看清楚了吗？"Lisa 问。

对面的男子有点神游，流着哈喇子点点头。

"我问的是照片。"Lisa 指指照片上的钱小菲。

男子意识到自己的失态，低头看相片，说："我认识她，叫钱小菲。"

"和你什么关系？"

"我前女友。"

"为什么分手？"

"你是谁啊？把我带这来，凭什么呀？"

"你别忘了，你是自愿来的。"Lisa 说着从包里取出一捆百元钞票放在照片旁。

"我嫌她太土了，所以就分手了，我喜欢你这样的美女。"男子大言不惭道。

Lisa 摇摇头："我你就别惦记了，我要你和这个女人，这个叫钱小菲的女人复合。"

"我不要，好马不吃回头草。"

"别侮辱马了。这草，你要是吃了，钱就是你的；你要是不吃，等会儿出了这门，就可以去重新找工作了。"

"可我怎么跟她复合呢？当初是我甩的她，现在再要我去找她，她能答应吗？"

"这个我不管了，你要做的就是让你们看起来像是一对情侣就行。"

"什么意思？"

"什么意思？你没谈过恋爱啊？不懂什么叫情侣？"

男子茫然地摇头。

"牵手！接吻！上床！懂了吗？"

男子吓得拎起电脑包仓皇逃走。

高沙沙要帮钱小菲榨果汁，钱小菲不让高沙沙乱动，自己去厨房泡了两杯咖啡。

"我又不是怀孕，又不是坐月子，有什么不能动的？"高沙沙看着一副保姆样的钱小菲问道。

钱小菲看着高沙沙那张不如以往的脸，黯然神伤地说："沙沙，你看你，那么漂亮，干吗还要用这些东西呢，把自己糟蹋成这样，何苦。"

"精益求精，你懂吗？"

钱小菲说："就是贪心不足呗，说那么上进干吗。"

"不上进，那就会跟你一样，连男朋友都没有。"高沙沙一语戳中钱小菲要害。

"我觉得一个人挺好的，自由自在的，多好。"钱小菲自我安慰着。

"其实，最自由自在的日子，我觉得就是在学校的日子。"

"对，特别是高中的时候，虽然那时候课业很紧张，还有高考，但每天都过得很充实，而且时不时地会有一点小惊喜出现，点缀枯燥的生活，真值得回忆。"

"钱小菲，我感觉你就没长大似的。"高沙沙说。

"可能我真的没长大，所以我就觉得你变了好多。高中毕业后，我就没有再见过你，对你的印象也只停留在高中，反正我就知道，你那么万众瞩目，好多男生追求。"钱小菲说着一脸向往，仿佛成了她口中的男生。

"被那些男生追有什么用，他们能带给我什么？"高沙沙喝了口咖啡，继续说："是能给我这样的房子，还是给我楼下的跑车，还是能把我捧到更高的地位？"

"你不觉得感情的事，不该这么功利吗？"

"我不功利行吗，我有多少时间能跟这些男人耗？再说，那些小屁孩的感情，能当真吗？想想你男朋友就知道了，嫌你土，你要是有资本打点下自己，轮得到他来嫌你土？"

钱小菲又中枪，被高沙沙的理论说得晕头转向，像传销洗脑一样。"这样看来，你和小志肯定也没戏咯？"她问。

"这还用说？当然没戏啦，没可能的。"

"不过我觉得小志是真心的，你都这样了，他还对你不离不弃，整天在家查有没有什么方法可能帮助你，这样对他，是不是太残忍了？"

"我又没求他对我好，现在不残忍点，以后他伤得更重。"

钱小菲已经不指望能说服高沙沙了，取出手机，发现有个未接电话，便回拨过去。

"喂，哪位……谁……阿斌……真的是你……什么……可是……好吧……我会去……嗯……到时候见……拜拜。"

"谁啊？阿斌是谁？"高沙沙问。

"我……前男友。"钱小菲挂了电话小声回答，看着漆黑的屏幕，想起一些不怎么愿意想起的事情。

"我刚说你没人追，结果前男友就找来了，真失策啊！"高沙沙向钱小菲请罪，又问："找你干吗？"

"没说，就说晚上在学校外的那间咖啡厅见。"

"那是想再续前缘吧。"高沙沙从梳妆柜的小盒子里取出一张会员卡给钱小菲："拿着，去做个发型，再把你这张苦唧唧的脸清理下，见前男友，千万不能丢人。"

从高沙沙家走出来，钱小菲犹豫着要不要去那家昂贵的造型店，虽然拿着别人的卡免费享受，但她觉得自己的这身打扮估计连店员都不如。

她先给雷郑宇打了个电话，告诉他晚上不回家吃饭了。雷郑宇问她去哪，她撒了个谎，说自己逛逛。

为什么不告诉他是和前男友见面呢？这样或许更能为自己挣得一点面子吧。钱小菲想着，一抬头，发现已经站在造型店门外，店里一副珠光宝气，每个坐在镜子前的女生都被当作公主一样，服务生的笑容虽然很假，但假得让人无可挑剔。

"她晚上不回来吃，你想吃什么，我来做。"雷郑宇问小志，然后拉开冰箱的门，发现家里没什么藏货了。

"女屌丝不回来？"小志还在为"拯救"高沙沙而努力着。

"你别总叫人家女屌丝，你和她有那么熟吗，会惹她不高兴的。"雷郑宇取出两罐饮料，关上冰箱，将其中一罐扔给小志。

"哎——你为她鸣不平？说，你是不是真的对她有意思？"小志接过饮料，拉开拉环。

"我只是比较有正义感好不好，这跟有意思没意思没关系吧。"雷郑宇走到小志跟前，看着他搜集到的情报。

"那我们晚上出去吃吧，吃点好的。"小志提议。

"难道我做的就不好吃吗？"

"不是这意思，想改个口味，老哥，你满足一下我吧。"

经不住小志那张苦逼的脸，雷郑宇答应带他去吃牛排。

"我不想吃那种量贩的牛排，我们找家特别的店吧。"小志打开吃货们的网站搜索起来。

"随便你，找好告诉我。"

雷郑宇走到阳台上，晚风有些凉，他看到钱小菲的外套还在沙发上挂着，有点担心，而且，家里没有了钱小菲，一下就萧条了很多，让人不适应。

小志带着雷郑宇去了一家大学附近的小西餐馆，这是网上好评如潮的一家牛排店。

"网友的点评你也信？像《泰囧》这样'无耻、无知、无畏'的'三无'烂片都能被他们捧到十三亿票房，这种审美情操，你也敢苟同？"雷郑宇翻着菜单说道，站在一旁的服务员窃喜，那贱兮兮的表情和王宝强一样，仿佛在说：没错，耍的就是你们这种比我们还弱智的弱智。

"来一份 T 骨牛排吧。"小志说。

"好的，那这位先生，您要点什么呢？"服务员问。

"我不想吃，给我杯咖啡好了，别放糖。"

雷郑宇点完餐，朝窗外望去，看见马路对面的一家咖啡馆里，坐着的正是钱小菲，而她对面坐着的人被广告牌挡着，看不见。

小志顺着雷郑宇的目光看过去，也发现了钱小菲，叫道："那不是钱小菲吗。"

雷郑宇继续看着，没有发声。突然，那人伸出手，一把握住钱小菲，十指紧扣，钱小菲好像也没有挣脱的意思。

"想不到女屌丝还背着我们出来私会。"小志说道。

"别看了，人家做什么是人家的自由，别乱嚼舌头好不好。"雷郑宇嘴上这么说，但自己都忍不住一直看着钱小菲。

"阿斌，你找我来做什么？"钱小菲将手抽出，放在桌子下。

"小美过生日，要我来找你。"前男友答道。

"小美？那她人呢？"

"他们在酒店包了个房间，今晚在那边玩，请你一起去。"

"真的吗？"

"当然啦，你去了就知道，我不会骗你啊。"

"是啊，你都不会骗我，都那么直白。"钱小菲说着低下了头。

"那……我们走吧！"前男友叫来服务员买单。

"哎，他们走了哎。"小志提醒道。

雷郑宇一直望着对面："我看到了，不需要你说出来。"

"他们会去哪里，要不要跟踪一下？"

"你傻了吧，跟踪？我管他们去哪里呢。"

"真的吗？"

"傻瓜。"

"再不跟就找不到咯……"

小志无所谓地搅拌着杯子里的奶茶，雷郑宇一直盯着钱小菲，终于忍不住冲了出去。

"哎！哥，你还没埋单呢！哥！"小志在后面咆哮，被服务员按住。

雷郑宇跟着钱小菲走到一家酒店外，看着她和一个男人走进酒店，上了电梯，那男人将手放在小菲的腰间。

客房的门被打开，但里面空无一人。

"小美他们呢？"

阿斌不说话。

"你怎么不说话，小美呢？人呢？"

阿斌被钱小菲逼得没了退路，便向小菲坦白："对不起小菲，是别人要我这么做的，我也不知道为什么，一个非常有钱的女人给了我一笔钱，要我约你出来，然后带你来酒店，其他的我真的什么都不知道。你别怪我啊！"

"一个非常有钱的女人？谁啊？"钱小菲问。

"我不认识，我被他们带到一个很高级的地方，然后那个女人就要我做刚才的事情，并给了我一笔钱，我知道的就这么多了，至于这女人是谁，我真的一点都不清楚。"

钱小菲想了想，拿出手机给阿斌看高沙沙的照片："是她吗？"

阿斌很坚决地摇头："不是她，肯定不是她，不过这女人也很面熟哎。"

"那你有那个女人的照片吗？"

"没有，我哪可能有她的照片。"

"所以……这次，你还是骗了我。"钱小菲看着阿斌。

阿斌早不敢看钱小菲的眼睛，突然鞠了下躬，说了声对不起，就跑向楼梯，从安全门溜走。

钱小菲回到家，顿时觉得有一股很诡异的气氛，小志居然在看书，而雷郑宇却在收拾行李。

"好奇怪，你们在干吗？"钱小菲问。

小志和雷郑宇都没回答，看书的看书，收拾东西的收拾东西。

"我在问你们呢，怎么了呀？"

"你去哪了？"雷郑宇问。

"什么意思？"

"这难道听不懂吗？我问你刚刚去哪了？"

"我就……一个人走走呀，这不回来了吗，又没多长时间。"

小志哼笑了一声："是挺快的，那男人不行。"

"什么男人啊？"

"我已经看到了，你和一个男人喝咖啡，然后还去了酒店。"雷郑宇挑明了话题。

"你跟踪我？"钱小菲问。

"跟踪你？你以为我真的闲得没事做了吗，我和小志出去吃牛排，正好看见而已。"

"真的，虽然我作为当事人之一，无法替我哥做证，但我发誓我们真的没有跟踪你，真的是在出去吃东西的时候恰巧碰见的。"小志举手起誓道。

"你们吃东西也能看见我去了酒店？你们在哪里吃的？"

"哎——这个嘛……"小志把战火引向雷郑宇："之后是有一点点的小跟踪啦，因为那什么，我们好奇嘛，对不对哥？"

"你不用打掩护了。"雷郑宇对小志说，接着又转向钱小菲道："说明了又怎样，是，我跟踪你了，我想不到你会和一个陌生的男人去酒店，你真的很厉害哎。"

"什么陌生男人啊，那是我前男友。"

小志张大嘴巴，做出很惊讶的动作："前男友啊！"

"所以呢？"雷郑宇问。

"什么所以啊？"

"所以你们就去酒店了？"

"他跟我说一个同学在举办生日会嘛，我就跟他去了，结果发现根本就不是，他骗我。"

"真的假的，你说这样谎话有没有经过脑子啊？"

"我说的是事实嘛！"钱小菲也上了火气，钻进自己的卧室，反锁上门。

硝烟沉寂了下来，一个钟头后，雷郑宇走到门外，说了句"我走了"。

"滚！"钱小菲骂道。

之后便是门开门关时的"咯吱"声，家里瞬间安静。

钱小菲走出卧室，看见家里被收拾得很干净，比雷郑宇出现前一天自己打扫得还干净，这种干净让她觉得，好像雷郑宇从来没出现一样。

她坐在地板上，靠着门，泪如雨下。

　　上来收租的房东看到钱小菲哭成这样，又蹑手蹑脚地下了楼。

　　在这一天，独自守着空房哭泣的不只钱小菲，还有杨燕，当她将那瓶 Reborn 擦在脸上睡了一个午觉再照镜子的时候，就直接昏了过去。

第八章

杨燕再次醒来的时候已经躺在了床上，陈教授坐在一旁替她敷着药膏。

"嘉荣，我的脸！"杨燕情绪很激动。

陈教授按住妻子，让她平静，说："我知道，没事，怪我不好，没有把东西收拾好。"

"这是什么？为什么有这么强的反应？"杨燕问。

陈嘉荣没有回答，只是默默地替妻子用清水将多余的药膏擦除。

"这是失败的产品，是我的失败。"陈嘉荣说。

"那你的科学大奖怎么办？"

"现在不是想科学大奖的事，而是想办法弥补过错。"

"弥补过错？难道还有别人像我一样用了 Reborn？"

陈教授艰难地点点头，说："有，而且不止一个，有很多客户。"

"那为什么一点消息都没有？"

"曹俊在竭力地掩盖，劝说客户先不要把事情曝光，我现在的工作就是尽快研发出可以治愈的药剂，来缓和 Reborn 带来的创伤。"

"那你有进展吗？"

陈教授摇摇头："我不想骗你。"

　　新的 Reborn 已经不再向客户们出售了，以钱小菲为代表的产品部员工，正在努力向消费者推荐"魅力"的老产品。

　　没有雷郑宇的日子，时光又回到了从前，一如她和高沙沙噘嘴时说的话——"自由自在"。每天一个人醒来，没有现成的早餐，去小区门外买一份手抓饼；中午去公司食堂吃百年不变的工作餐，没有雷郑宇装好的便当；晚上回到家，也没有人可以贫嘴，没有人给拍照，如果不是雷郑宇的镜头，谁又会如此认真地看自己呢？倒是晚上睡觉的时候，仿佛雷郑宇还在隔壁，有他的时候没声响，没他的时候更加安静罢了。

　　去看望高沙沙的时候碰到小志，这家伙为了能每天方便地进出小区，居然把高沙沙对门的房子给买了下来，成了名正言顺的邻居。

　　为了泡妞买一间豪宅，还真是败家子！据此，钱小菲肯定了自己的观点。

　　小志主动告诉钱小菲一些雷郑宇的近况：他回了加拿大，即将继承家族的企业，或许，也会和 Lisa 结婚。

　　雷郑宇啊，这个家伙和自己完全不是一个世界里的人嘛，本来就是一个偶然的出现，那么注定也是要消失的，晚消失不如早消失，省得以后更不舍。钱小菲荡漾在这座孤独的夜市中，再也不会有闪光灯亮起，爱情的底片一场空白。

曹总和陈教授都低估了 Reborn 的破坏范围，那些买了不止一套产品的客人一传十十传百地向身边人传播。投诉的客人越来越多，媒体也开始介入，纸逐渐包不住火了。

"曹总，究竟如何处理 Reborn 带来的损害，您必须做决定了！"钱小菲站在陈教授和曹总中间，以命令的口吻说。

"陈教授，你那边的工作还需要多久才能完成？"

"我不知道，我从来没有给过你承诺，一开始我就要你公开这起事故，但你不愿意。"

"现在是相互推委责任的时候吗？"曹总指着陈教授反问道："你以为你能推卸得了责任，整个 Reborn 都是以你为核心打造的，现在出了这么大的状况，你觉得你能规避责任吗？"

"我从来没有想过要逃避责任，是我的责任我会承担，但你的责任你也抹杀不掉。"

曹总被陈教授这种视死如归的气魄震慑住，他的大脑一定在急速地旋转。"我有了！"他突然说道，"把责任推给高沙沙。"

"什么？"钱小菲难以相信自己的耳朵。

"把责任推给高沙沙。"曹总重复了一遍。

"为什么？"钱小菲问。

"因为她是整个局面里最无足轻重的人咯。"曹总说得异常轻松。

"凭什么呢？再说，高沙沙也不可能答应你的要求。"

"这个不一定哦，如果是我说，她可能不理我，但如果是……"曹总把目光投向陈教授，"如果是他的话，或许效果就不一样咯。"

"我不会这么做的，你别想。"陈教授的话令钱小菲感到一丝欣慰。

"你们还真是顽固不化。"曹总坐回到老板椅上，说："如果你们不答应我的这个计划，那我只有按照我的做事方式去做了，到时候，你们可别怪我残忍哦。"

"你想怎样？"陈教授问。

"高沙沙，是我捧出来的，既然是我捧出来的，那我想捧的时候就捧，想摔的时候就摔，现在，为了大局，该轮到她牺牲了。"

"我不会让你得逞的，我要去报警了！"钱小菲转身想离开曹总的办公室，结果刚推开门，就被几个大汉给堵了回来。

"曹俊，你想干吗？"陈教授看到这些大汉将钱小菲押解住。

"我想干什么？你说我想干什么？"曹总阴阳怪气地哈哈大笑。

一个大汉手起掌落，打在陈教授的后脑勺上，陈教授两眼一黑，倒在地上，没了知觉。

"你们这帮混蛋！"钱小菲刚要喊救命，就被人用胶布封住了嘴巴，眼看曹总写了个地址交给墨镜男，那地址分明就是高沙沙的住址。

虽然买下了高沙沙家对门的房子，但小志的主要生活地点却不在自己家，对门的房子不过用来睡觉而已，整个白天小志都泡在女神那里，对其进行精神疗伤。

小志每天的生活作息如下：早上七点半准时起床，开始给女神准备早餐，一周七天，天天不重复；8点半前做好早餐，送到对门，这时高沙沙一般还没醒，不要紧，小志已经套到了女神的门钥匙，自己开门进屋，把早餐送到床头，幸运的话，还可以看到女神裸睡的样子；高沙沙九点起床开始吃早餐，小志负责看她吃早餐；吃完早餐，小志简单打扫房间，再出门买菜准备午饭；他买了一本《烹饪大全3000例》，保守估计够了；吃完午餐两个人一起看电视休息休息，到两三点的时候喝下午茶，咖啡或果汁；晚上高沙沙不吃饭，小志自己泡方便面。吃完晚饭两人看电影，小志还买了一套PS3供高沙沙娱乐。娱乐结束，小志回家睡觉。

第二天同上……

小志提议吃完晚饭还是该出门走走，但高沙沙不愿意，她已经将近一个月不出门了。

"你不是说今晚要和你哥打视频电话吗？差不多到了约好的时间吧？"高沙沙提醒道。

"哦，对哦！"小志看了下表，"的确快到了，那我先回去哦，一会儿我还来！"

还真不把自己当外人，高沙沙想。

一万一千多公里外的加拿大小镇亨茨维尔，雷郑宇坐在河边的栈桥上，手握渔竿，打着哈欠，身边放着一只装了一半水的木桶。

朝阳从东方的山谷中升起，照亮了丘林上的红枫和他身后的木屋。

"哥，你不回来了吗？"小志的脸出现在手机屏幕上。

"我不知道，她最近怎么样？"雷郑宇看着浮标问。

"'她'是指谁啊？沙沙还是小菲？哥，你看着我呀，不然我只能看见你的侧脸。"

"随便指谁咯，看侧脸就看侧脸嘛，我有什么好看的。"

"我现在住在沙沙家对门，小菲嘛，只是偶尔见到，我不知道她最近好不好。"

这时 Lisa 从木屋里走出，上身披着雷郑宇的白衬衫，下身只有一条蕾丝的平底内裤，光着脚，悄悄走到雷郑宇后面，一把抱住他，碰巧此刻有鱼上钩，雷郑宇拉竿，一条光溜溜的如 Lisa 美腿的大马哈鱼咬着钩在空中扑腾。

"Lisa 姐，你好。"小志打招呼道。

这让 Lisa 发现原来还有别的男人在，她顺势躲到了雷郑宇身后，减少曝光度。

"嗨，小志啊，不好意思，我不知道你在。"

"没事啦，我又不是小孩子，再说，我见过更美的腿，你的嘛，对我没什么杀伤力，最多俘获我哥。"

"没事就挂电话吧……"雷郑宇说。

小志那边突然传来激烈的争吵声。

"怎么了？"雷郑宇问。

"不知道哎，好像是从高沙沙家传来的，我去看看哦，别挂哦。"小志说完就离开了座位，雷郑宇看不到人，只能听见很快又传来小志的呼喊声，接着是东西打碎的声音，过了一会儿，就没有动静了，不过小志也没有再出现。

"小志？"雷郑宇拿起电话呼唤，但再也没有回答。

"发生什么事啊？是不是有小偷还是入室抢劫啊？"Lisa 问。

"我也不知道啊，应该不会啊，那片小区的保安很严格，不至于吧。"雷郑宇丢下渔竿，说："Lisa，我要回去一趟，虽然还不清楚究竟发生什么事，但小志可能有危险。"

Lisa 抱住雷郑宇："你别回去啊，我们下个礼拜就订婚了，你不会又要逃一次吧？"

"我会回来的，我把小志带回来，我答应你。"雷郑宇吻了一下 Lisa，走回木屋。

只是一次短暂的旅程，不需要带太多行李吧，雷郑宇想着，要不就借用 Lisa 的小背包好了。他从壁橱里取出 Lisa 的背包，打开拉链，发现里面有一只牛皮袋，袋口没有封严，一张照片掉了出来，照片上一个男人正抓着钱小菲的手不放。

雷郑宇打开牛皮袋，里面还有好几张类似的照片，包括这个男人带着钱小菲去酒店。

Lisa 走进屋子，看见雷郑宇发现了照片，赶忙冲过去抢下。

"这又是什么状况？"雷郑宇问。

Lisa 不说话，把照片塞进牛皮袋里，一起丢进了炉火中。

"我都看到了，你以为烧掉就行了吗？"

"那你要我怎样？"

"什么我要你怎样，该是我问你你想怎样吧？你怎么会有这些照片？你跟踪了她？"

"没错，我跟踪了她，我觉得这个女生有问题，根本不值得你爱，所以就想把事情查清楚啊，我是为你好啊！"

"不对，不是这样的。"雷郑宇理清了思路，说："根本不是这样，这是你安排的一场戏，如果真的像你所说，你只是为了调查小菲，那当你拍到这些照片的时候应该就会立刻给我，你之所以不给我，是因为我恰好误解了小菲，你觉得没有必要再给我看这些照片，对不对？"

Lisa 不知该如何辩解。

"怪不得，怪不得小菲会说，她前男友告诉她，是一个有钱的女人指使他这么做的，原来，那个女人是你，我还以为是高沙沙。"

"对！是我！"Lisa 叫道，"我不想你跟那个女人在一起，她根本就配不上你，也不可能赢我，你为什么会爱上她呢，你和她才认识多久啊你就爱上她了，那我算什么啊！"

"Lisa，你就是太聪明，好好做你的生意吧。"

雷郑宇说完拿起车钥匙就出了门，任 Lisa 在屋子里翻天覆地地摔东西。

一辆吉普车在山间的小路上奔驰，雷郑宇戴上耳机，打给美联航空的客户部，订了最快回国的班机。

凌晨三点，陈教授还辗转于实验室里的那些仪器间。

这个变化很慢，但看起来还是有恢复效果的；另外一个变化很快速，更能解燃眉之急，只是不知道会不会产生新的副作用……陈教授看着显微镜下的化学反应。

"嘉荣。"门口传来杨燕的声音。

陈教授回过头，看见妻子拎着一只红色的保温瓶。

"杨燕？你怎么来了，这么晚你还出门，很危险的。"陈教授走过去，接过妻子手里的东西，把她带进实验室坐下，还倒了杯热水。

"我给你带来点吃的，这都几点了，你一忙就不知道时间，也顾不了肚子。"妻子扭开保温瓶的盖子，一小盅排骨汤，一份炒菠菜，一碗白米饭。

陈教授看着那只保温瓶出了神。

"怎么了嘉荣？"妻子问。

"这只保温瓶，差不多有二十多年历史了吧。"陈教授说道。

"嗯，有了，那时候我们刚回国，你每天都加班到深夜，我就来给你送宵夜，那时候我也不会做菜，就在小区外的大排档那买，天天买，天天买，人家都认识我了。"妻子回忆道。

陈嘉荣吃着妻子送来的饭菜，默默点头："杨燕，委屈你了。"

"说什么呢，哪委屈了，你取得那么大的成就，我也跟着沾光呀。"

"对不起，是我害得你放弃那么多。"陈教授有些哽咽。

"傻瓜，怎么能说是害呢，你又没逼我，我若不愿意，才不会跟你回来呢。"妻子宽慰道。

"我只是觉得自己很不合格。"

"别说这种气馁的话，你的研究怎么样了，有进展吗？"

陈嘉荣走回到显微镜前，说："进展是有的，但是我……说实话，我已经不敢做任何假设了，万一又失败，我该怎么向客户解释呢。"

"你用我做实验，这样你就不用向别人解释了。"妻子说。

"用你做实验？这不可能！"陈教授断然拒绝。

"我信你就行了。"妻子走过来抓住陈教授的手腕，说："反正我已经这样了不是吗，死马当活马医，先用我做实验，我想，结果不会比现在差哪去。"

陈嘉荣看着杨燕诚挚的眼神，不敢轻下决定。

从迷糊中醒来，小志发现自己被丢在了盘山公路边，最后的记忆是看见几个黑衣男子冲进高沙沙家将她抓住，蒙上了嘴，而自己刚想求救，就被人打了一下后脑勺，不省人事。

沿着公路走下山，四周荒凉，没有公交也没有出租车，好不容易遇到一辆运货的卡车把小志载回了城区。

手机还在！小志兴奋地摸出手机，看见屏幕上的日期显示，已经过去了一整天。

回到家中，小志意外地看到了雷郑宇："哥，你怎么在这？"

"我刚到，我在电话里感觉到你肯定出了事，所以就赶回来了，你还好吧，看起来没问题的样子。"雷郑宇端详着小志。

"我是没问题呀，但沙沙被人抓走不见了，我们是不是该报警？"

"直接去警局。"

走出警察局，雷郑宇想到钱小菲，给她打了个电话，但一直没人接。反复打了几遍，后来就提示说已关机。

不至于这么大的火气吧。雷郑宇要小志先回家，自己去钱小菲那看看。

从楼下往上看，钱小菲家没有亮灯。这么晚不在家会去哪里？雷郑宇在楼梯口坐下。

一楼的房东看见雷郑宇，把他请进屋。雷郑宇撒谎说自己忘记带钥匙，房东把备用钥匙给他，让他先上楼开门。

这间屋子也并没有住很久的时间，但当门被推开的那一刻，钱小菲的声音就传了出来：你怎么这么晚才回来，晚饭呢？

雷郑宇打开灯，根本没有第二个人存在，那声音不过是错觉罢了。

屋子里收拾得很洁净，这种洁净显得有些不正常。鞋子摆得整整齐齐，而钱小菲是不可能把鞋摆整齐的，都是随便踢到一边才对啊。

雷郑宇给小志打电话，告诉他自己今晚留在钱小菲家等她，要小志老实在家待着，把房门锁好，别轻举妄动。

这是第一次单独在这间屋子里过夜，以前的那些夜晚，钱小菲就在隔壁的房间里，很多次，自己都想越过那扇门，但却没有，只是坐在床头发呆，直到墙的另一面完全沉静。

"杨燕，你想好了？"陈嘉荣问。

杨燕躺在实验室的美容床上，笑着说："没事，你对自己有信心就好。"

陈教授将一瓶溶液倒在手上，轻轻地在妻子脸上敷满，贴上一片面膜。

"这样就行了？"杨燕问。

"我想还是不要操之过急，对于已经受损的皮肤，还是应该慢慢调整，这种材料更温和，我每天都会给你敷一下，过两三天应该就能看到好转。"

杨燕握紧了丈夫的手。

"休息下吧，我在这陪你。"陈教授捋顺妻子的头发。

"嗯，我好久没有在这睡过了。"杨燕闭上眼睛，感受着丈夫手心里的温度。

"雷郑宇，你回来了？"钱小菲一脸喜悦地走到床边："我还以为再也见不到你了，其实，我一直想对你说，我喜欢你。"

钱小菲说着将嘴巴靠近雷郑宇，两人吻住。渐渐地，雷郑宇发现钱小菲的脸不太正常，睁眼一看，发现是小志。

"啊！你干吗？"雷郑宇叫道。

"什么我干吗，你门都不锁就睡着了，还要我注意安全呢，自己一点都不小心。"

"小菲昨晚没有回来吗？"雷郑宇问。

"这该我问你吧，我刚到哎好不好，反正我没看见有别人在。"小志说着晃晃手里的塑料袋，说："我买了方便面，我来煮给你吃。"

"你会煮方便面？"雷郑宇对自己这个衣来伸手饭来张口的弟弟的变化感到震惊，随他一起走到厨房。

"两个人生活，总要有一个人会呀。"小志把自己描述成了一个家庭主男。

"什么叫两个人生活？"

"就是我和高沙沙呀，她的一日三餐都是我照料的。"

"是一日三外卖都是你付钱吧。"雷郑宇揭穿了小志对自己的美化。

小志把面煮好，说："有得吃就不要说话了，一会儿我们去高沙沙的公司看看，你顺便可以去找钱小菲。"

曹总磨着指甲推开实验室的门，看到陈教授正在专心研制配方。

"没两天就要发布新产品了，你那边都准备好了吧？可别出什么幺蛾子。"

"高沙沙呢？"陈教授背对着曹总问。

"什么高沙沙？"曹总装傻道。

"我问你，你把高沙沙藏哪去了？"

"怎么，想你的宝贝情人了？什么叫我把她藏哪了，我哪知道她躲哪去了。"曹总拒不认账。

"我没时间跟你玩，她已经两天没和我联系了，你快告诉我，她在哪，不然，你是等不到新产品的。"

"你威胁我？"曹总走近几步，说："陈嘉荣，你好好地把新产品给我做出来，让高沙沙把烂摊子扛上，之后，你们爱去哪去哪，我才不管你们呢，但在那之前，你要是不听我的，你就永远见不到你的小情人了。"

曹总说完还做了个鬼脸，哼着小曲离开。

雷郑宇和小志来到"魅力"，前台看到雷郑宇，还以为是新的代言明星。

"请问你知道钱小菲的办公室在哪吗？"雷郑宇问。

"她今天好像没来上班，你等等，我查一下签到记录。"前台在电脑里调资料，还不时地偷瞄雷郑宇，满脸羞红。

"她昨天就没有来了。"前台美眉说。

"果然，她肯定也被绑架了。"雷郑宇小声说道。

"你说什么？"前台和小志一同问。

"那，陈教授呢，在哪？"雷郑宇又问。

"应该在实验室。"前台给雷郑宇指了路。

雷郑宇向前台道谢，留下小志，一个人去了实验室找陈教授。

"陈教授。"雷郑宇站在门外。

陈教授回过头，看到一个不认识的年轻人："你找我？"

"对，我找你。"

"你是？"

"我叫雷郑宇，是钱小菲和高沙沙的朋友。"

陈教授招呼雷郑宇进来，把门关上。

"你找我是？"

"钱小菲和高沙沙都失踪了，你知道吗？"

"高沙沙有两天没有联系我，我的确觉得奇怪，而且……刚刚曹俊来找过我，我基本上可以肯定，是他把沙沙藏起来了。"

"还有钱小菲，她们俩都不见了，我想，一定是她们知道了某个相同的秘密。"

陈教授看着雷郑宇，斟酌了一番，说："是 Reborn，曹俊逼我向外界发布新产品，但这个产品还没有达到要求，有很强的副作用，这两个姑娘一定是知道了这个问题，去找曹俊，结果反而被陷害了。"

"那你知道她们俩现在在哪吗？"

"曹俊的私人住宅很多，我不知道他会把这两个姑娘藏哪。"

"我的弟弟也一并被劫持了，不过他被释放，他说他醒来后是在一条盘山公路上，你有这样的印象吗？"

"盘山公路？我想想……"陈教授拿出一个黑色封面的小笔记本，查了一会儿，指着其中一行地址给雷郑宇看："应该就是这里。"

回到家中，小志打开网络购物，狂买了一通，在定单上备注"加急！立等！"。

付款成功的消息刚传来，门铃就响了，雷郑宇开门，看见一个快递员站在门外。

"这么快？"小志吃惊。

快递员一立正，说："全心全意为人民服务！"

小志收了包裹，向快递员道谢："比公务员强多了。"

雷郑宇打开包裹，三节棍、喷雾器、电棍、滚钉、板砖、等等。

小志换上一套李小龙的黄色运动服，在镜子前摆着 Pose，"哇——哇——"的乱叫着。

"你穿这样一身，还拿着管制器械，能上公共交通工具吗？"雷郑宇说。

"那怎么办？"小志问。

雷郑宇晃了晃手里的车钥匙："你老哥我早就准备好了。"

兄弟俩走下楼，威风四起，路人皆看呆；一辆敞篷阿什顿·马丁静静等候主人的开启。

跑车在公路上疾驰，一名少女的裙子被车经过时高速带动的风吹起，吓得连忙压住。

"哥，我们又不住在那别墅区里，保安会放我们进去吗？"

"你觉得开这车的人，保安敢拦吗？"

一阵呼啸，全速驶向山顶。

第九章

山顶的一座两层别墅里，窗帘都拉得很严实，站在外面完全不知道里面发生了什么。

两个黑衣保镖看着电视，吃着盒饭，地上一片狼藉，一次性筷子和易拉罐丢得到处都是。

"现在的电视剧真他妈扯！"保镖甲咬了口鸡腿说："我他妈最讨厌看这抗战片了，一个八路能灭一个师的鬼子，这小鬼子能在咱们这耗上八年，太难为他们了。"

说完，电视里一个八路军首长郑重其事地向我军小战士们宣扬战斗精神：八百里外，一枪干掉鬼子的机枪手。小战士们听后使劲鼓掌，一脸胜利在即的渴望。

"八百里啊！这他妈是枪吗？"保镖乙拿起遥控器换台。

"看电视，还不如去地下室看看那妞呢，正点啊！"保镖甲说。

"疯了吧你，那可是教授的女人，曹总让我们把人看着，你真当我们是土匪啊。"

"那我出去逛逛，在这闷了两天，都要窒息了。"保镖甲说着走出屋子。

保镖乙换了个台，看起了《建党伟业》，自言自语道："我一个人还落个清静呢，看看电影，升华下思想觉悟，也顺便提高提高业务能力。"

更加黑暗的地下室，钱小菲正在努力挣扎着手腕上的绳索。这时一个黑影走了过来，钱小菲刚要喊，就被人用胳膊堵住嘴巴。

"小菲，是我，沙沙。"

"沙沙，你怎么也在这？发生了什么事？"

高沙沙和钱小菲背靠背帮对方解开绳索。

"肯定是曹总把我们抓了起来，为了阻止我们披露他的阴谋。"高沙沙说。

"那我们现在怎么办？"钱小菲问。

"别急，我料想他们也不敢对我们怎样，只是囚禁而已，所以，我们等待机会逃出去。"

"有那么简单吗？"钱小菲不太自信。

"他们毕竟不是专业的绑匪，你看，我们现在不是帮对方松绑了吗，说明他们的能力不高。"

钱小菲点点头，又发现一片黑暗，高沙沙也见不着她点头，说道："你说得对。"

眼看一个黑衣男子出了门，雷郑宇和小志开始接近别墅。

"记住我说的话，别轻举妄动。"雷郑宇提醒着。

"知道了，我的女神也在里面，我当然会小心。"

雷郑宇敲了敲门，里面传来男人的骂声：让你他妈不带钥匙！

门打开，保镖乙看见是两个陌生家伙，问道："谁啊你们？"

"您好先生，我们是来看房子的。"雷郑宇装成买房客。

"看房子？看什么房子？"

"就看这房子呀，这不是挂牌出售了吗，我们就来看看。"小志配合着。

"不看不看。"保镖要关门赶二人走。

"别啊，我们来都来了，你就让我们看一下呗，我们很诚心的。"雷郑宇用脚抵着门缝。

"我他妈又不是房东……"保镖说了实话。

"啊？你不是户主？那你是……"

保镖乙也意识到自己说漏了嘴，恰好此时保镖甲回来了，他赶紧指着保镖甲补充道："房东是他，我哥。"

"啥？"保镖甲走过来，一巴掌打在保镖乙脑袋上："你他妈在屋子里呆傻了吧。"

"哥，人家来看房子。"保镖乙使劲朝保镖甲挤眼睛，都快挤出泪了。

"看什么房子，我们这不租不卖！"保镖甲把雷郑宇和小志推了出去。

保镖乙跟进道："我说了吧，你们不信，是不是想闹事啊？"说着敞开衣服，露出腰上插着的手枪。

"低调，低调。"保镖甲把保镖乙的衣服合上。

雷郑宇从口袋里掏出一叠百元钞票，说："就让我们看一下吧，这点小钱，你们收着，意思一下。"

保镖乙看到钱，把保镖甲拉到一旁："怎么个意思？"

保镖甲想了想说："人傻钱多，不要白不要。"

两人一合计，接过雷郑宇的钱，对他俩说："进来看看吧。"

四人进屋，小志顺手拉开窗帘。

雷郑宇观察着屋子里的陈设，已经略懂一二了。

"你们这还有 PS3，条件不错啊！"小志指着地上的游戏机说。

"可这傻逼不会玩，我一个人玩多没意思啊，只能看电视。"保镖乙说。

"他不会，我会啊，我来跟你玩呀！"小志自告奋勇道，"你说玩什么吧！"

"最新的《使命召唤》，你行吗？"

小志得意一笑："你算撞枪口上了，开始吧！"

游戏开打，电视里尽是枪炮声。

这枪炮声传到底下室，被钱小菲捕捉到。

"沙沙，你听，有枪声，不会是要来杀我们吧？"

高沙沙听了一会儿，说："怎么可能，有这么明目张胆的人吗，这不仅有枪声，还有炮声呢，就为了杀我们俩都动用正规军了？我们有这么值钱吗？"

小志和保镖乙杀得兴起，又从口袋里掏出一叠钞票，说："你要是能赢我，这钱都给你。"

俩保镖见钱眼开，更加投入，不会玩的那个也凑起了热闹。

雷郑宇慢慢走向地下室。

枪炮声依旧在持续着，钱小菲和高沙沙依在门后，无助。

"既然我们知道了那么重大的秘密，真要杀我们灭口，也不是没可能的。"高沙沙说。

"沙沙你别吓我啊。"钱小菲要高沙沙不要再继续说下去了。

"我现在突然很担心小志，我看见他也被打晕了，不知道现

172

在怎么样。"

"小志也被绑架了？"

"我不知道他有没有被绑架，但他为了帮我也被打晕了，我很担心他。"

"哎，小志对你还真是一往情深啊，比他哥好多了。"钱小菲感叹道。

"雷郑宇只是不会表达而已，你应该能够看出他对你的感情，他把你照顾得那么周到，怎么可能不喜欢你呢。"

"喜欢我？喜欢我为什么还怀疑我？还不听我解释，那么自以为是，臭家伙！"

"但他起码没有欺骗你啊，不像某些人，一直给承诺，却从来不会实现。"高沙沙想到陈嘉荣。

"谁让你爱他呢，爱他，就要承受这些痛苦。"钱小菲则想到了雷郑宇。

虽然这两个姑娘都看不到对方，但还是一起笑了笑。

这时有人推门，但被钱小菲和高沙沙顶住，轻易无法推动。

"小菲，你在里面吗？"门外传来雷郑宇轻声的问讯。

"雷郑宇？是你吗？"钱小菲难以置信雷郑宇居然会出现在这里。

"当然是我，不然还会有谁来吗。"

钱小菲和高沙沙离开门板，雷郑宇推开门，俩姑娘终于看到了亮光。

"你没事吧？"雷郑宇抓住钱小菲的肩膀问。

钱小菲很想逞强说没事，但那一刻什么话都说不出来，倒在眼前这个"臭家伙"胸前哭了。

"现在不是哭的时候，别出声，我带你们离开。"

雷郑宇保持着冷静，带着两个姑娘绕到别墅后边的厨房，拉开窗户，一一跳了出去。

钱小菲落地时不慎崴了脚，"啊！"的叫了一声。

保镖听到这喊叫声，意识到有人逃脱，丢下小志追出门去，但小志抢先一步挡在了门口。

"小子，你找死啊！"保镖甲喊道。

小志学李小龙抹了一下鼻子，摆出格斗的造型。

"妈的你电影看多了活得不耐烦了吧。"保镖乙要掏手枪。

小志一个马步向前，一脚踢中手枪，手枪飞了出去。

"你小子有两手啊。"保镖甲也摆了个造型，但不伦不类。

"快上啊，摆什么 Pose，那俩妞要是跑了，我们吃不了兜着走！"保镖乙吼道。

两个保镖一起扑向小志，小志出右拳击中左边人的小腹，紧接着左勾拳击中右边人的下颌，瞬间放倒对手。

没想到网上的格斗教程还真灵，事先学两招还是有用的。小志看着趴在地上的俩保镖，心有余悸地冒着冷汗。

雷郑宇打开别墅大门，看见小志已经把敌人搞定。

"你这么厉害，为什么一开始不直接开打？"高沙沙问小志。

"我那不是……还没准备好吗……我就会这一招，不到万不得已不出的。"小志招供道。

"啪！啪！啪！"掌声响起，众人回头，发现是曹总站在几步远开外，一辆商务车上下来五六个黑衣男子，面无表情。

"好一出英雄救美啊，我真是好感动好感动哦！"曹总说着抽出一手绢擦了擦眼角。

"你别得意了，我们不会让你的阴谋得逞的！"高沙沙不甘示弱。

曹总叹了口气:"我亲爱的沙沙,你说你现在这样,人不人鬼不鬼的,就老老实实地把黑锅背了不是挺好,私下我也不会亏待你,你现在到处乱跑吓人,多不好。"

"你有什么资格说沙沙,你这个男不男女不女的家伙!"小志替高沙沙出头。

"你算什么东西!"曹总对小志说,"高沙沙不过是陈嘉荣的一个玩偶,你居然还会对她上心,这世上还真有'接盘手'啊,别人玩腻的东西你也要?"

话音刚落,钱小菲将板砖当拖鞋,扔向曹总,正中鼻梁。板砖落下,鼻血也跟着流出。

曹总捂着鼻子叫道:"给我上,给我往死里打!"说完自己逃进商务车,冲司机说:"去医院啊!"

一群黑衣人将雷郑宇等围住,小志又装出很霸气的样子学李小龙,结果被一脚踹翻。就在包围圈逐渐缩小的时候,雷郑宇大喊一声:"停!"

众人愣住,雷郑宇问黑衣人的头:"刚刚那个男人给了你们多少钱?"

黑衣人头头站出,很费力地算了算:"五百一人,只管一个钟头。"

"什么,五百一人,这么便宜?"雷郑宇装着异常惊讶的样子,拍拍那黑衣人的肩膀:"兄弟,你知道现在的市场均价是多少吗?"

"多少?"头头上套,跟着问。

"每人每小时两千起啊!"雷郑宇说。

小志再当托,问:"哥,有那么贵?"

"可不是吗，你忘了，上个礼拜我们请的那几个，不一人两千吗？起步价啊！"

"对哦！"小志一拍脑袋，刺激黑衣人道："才给你们五百一个人，当你们什么啊，小姐一个钟头也不止这点啊！"

"大哥，那不男不女的坑我们！"其他几个黑衣人闹腾起来。

"我给你们一人两千，你放我们走，我们给现金。"雷郑宇说。

"大哥，你看人家多客气，一人两千呢！"手下们相互呼应着。

雷郑宇再添油加醋道："一人两千，这起码的，你们这肯定算高危行业吧，要是一不小心成了那两位仁兄。"雷郑宇指了指还躺在地上的两个保镖："五百，出了问题医疗费都不止，那不男不女的肯定不会给你们交医疗保险吧？"

"大哥，这位兄弟说得是啊！"手下又开始起哄。

"停！"黑衣头头看着手下说，"但咱们就这么叛变了，是不是显得太不职业了？钱是少了点，但做生意不就讲个信誉吗？这第一次就把事给黄了，以后哪有回头客呢？咱们是做长线的，不能只看眼前利益不是。"

"长啥线啊，别弄得跟中国股市似的，直接跌停。"一个手下小声说道。

"就是，现在经济这么不景气，谁他妈知道还有没有客人，再说，我还等着拿钱回家过年呢！"其他几个手下附和着。

"两千，一人两千，我们七个人，一共一万二，你拿出来，我们撤。"黑衣头头表态。

"七个人，一万四。"站在身旁的手下小声提醒。

"哦，那就一万四。那，不是我要诓你们，我的军师说的。我这人没什么大本事，就是能听得了人劝，刘邦就我这样。"

听到这话，小志嗖的从口袋里又掏出两捆钞票。

黑衣人们咽了咽口水，同声道："成交！"

一座气势磅礴的露天发布会现场布置完成，到场记者、民众无数，翘首以盼。

曹总带着陈教授和若干工作人员上台，清了清话筒。

"各位！"曹总的鼻梁上还贴着创口贴，朝人群挥挥手，说道："今天，是'魅力'公司的产品发布会，我可以骄傲地说，这是一款世界医学美容史上具有划时代意义的产品！但是，在向大家详细介绍产品之前，我要宣布一件更加令人激动的事情——我们刚刚得到确切消息，我公司的首席科研专家、著名的生物医学科学家陈嘉荣教授获得了本届贝斯特科学大奖！"

曹总说完带头鼓掌，现场顿时掌声雷动。人们的目光和记者镜头纷纷对准坐在嘉宾席上的陈教授。陈教授礼节性地向大家点点头，嘴角动了动，做出了一个勉强的微笑。

曹总继续讲话："我们将此产品命名为 Reborn，把优雅的女性美以全新方法再度演绎。每次使用都会是新的蜕变，给予女性凤凰涅槃后的重生……"

"请问高沙沙小姐呢，怎么没有一起出席？"台下的一个年轻记者打断了曹总的发言。

随后更多记者纷纷询问："是啊，请问沙沙小姐怎么没有一起出席，以往重大产品发布，不是都有她参加的吗？"

"对啊！我们要见沙沙！"

"沙沙！沙沙！"

"沙沙我们爱你！"

曹总有些尴尬，不停咳嗽，试图制止疯狂的人群。

"我们有请陈教授跟我们分享一下获奖心情！"曹总把烂摊子丢给了陈嘉荣。

陈教授接过话筒："大家好，我是 Reborn 的研发人，陈嘉荣，今天非常荣幸能够在这里和大家分享贝斯特科学大奖。首先，获得这个奖项，我得感谢……"

话没说完，大家都等着陈教授的致辞，而他却看着人群的最后方。

雷郑宇等人正在努力冲破保安的阻拦，跟随着他们的还有一个披着黑外套的女人，就在保安举起警棍的刹那，陈教授大喊道："住手啊！"

全场安静，曹总和保安都被喝住。

陈教授走下台，看着黑衣女人："杨燕，你没事吧？"

杨燕抓住丈夫的手说："嘉荣，是时候将真相大白于天下了，你真的相信是我自己因为嫉妒年轻女孩的容颜才用了 Reborn 吗？我跟了你这么长时间，难道你真的觉得我是那种流于表面的女人吗？"

"那事实是什么？"陈教授问。

"事实就是……"

杨燕在家整理陈教授的行李箱，翻到一只盛着溶液的玻璃瓶，贴着"Reborn"的标签。

Reborn？这就是嘉荣最新的产品？杨燕揭来瓶盖闻了闻，很清淡的香味，又取了一滴敷在手背上，很快便被吸收，没有什么不适反应。

这时家里的电话铃响起，杨燕放下瓶子去接电话。

"喂，嫂子，是我，阿俊啊！"是曹总打来的电话。

"哦，有事吗？"

"我想请嫂子来公司一趟。"

"嘉荣已经去了。"

"我不是说他，我是说你，我想请你来公司一趟。"

"有事吗？"

"来了再说，记得要保密，别跟嘉荣说，反正是好事。我在公司等你哦，不见不散哦！"

杨燕挂了电话，想了想，还是换了身衣服出了家门。

曹总坐在办公室里写邮件，看见杨燕到来，急忙起立招呼。

"哇，嫂子，好久不见，你越来越漂亮了。"曹总冠冕堂皇地恭维着。

"你可真会说话，我看你们公司的漂亮模特还真多啊！"

"嫂子，你说这话，是不是担心嘉荣他……"

"我是担心你！"

曹总笑笑，给杨燕递去一杯咖啡，说："其实你有这样的担心很正常，嘉荣他那么出色，在公司里的爱慕者都可以组好几个足球队了。"

杨燕放下咖啡："嘉荣成天忙着研究，他不会理会那些事的。"

曹总靠近杨燕，绘声绘色道："女人要抓住男人的心，靠样貌是不行的，但是没有样貌却是万万不行的。岁月是把杀猪刀，刀刀催人老呀。"

杨燕脸上的笑容黯淡下去。

曹总看在眼里，拿出一瓶 Reborn，趁势说："这个给你，公司里的 VIP 顾客都在用，包你用完之后像换了张脸，起码年轻十岁。"

杨燕接过瓶子，看到熟悉的标贴，说："我在嘉荣的包里也看见过这个，他怎么没给我？"

"可能是……他想给你个惊喜吧，现在，不如你给他惊喜咯。"

杨燕看着曹总一脸笑眯眯的贱样，将 Reborn 放进包里。

两天之后，杨燕又戴着墨镜，包裹得跟高沙沙一样，冲进曹总的办公室。

"你给我用的是什么产品，为什么我的脸会变成这个样子？"杨燕说着摘下眼镜。

曹总看着几乎毁容的杨燕一点都不惊讶，说："不要那么激动呀嫂子，对身体不好的。我只不过把嘉荣最近研发的'Reborn'给你试用了一下而已，没想到问题还挺明显的呀。"

"你拿我做实验？我要去告诉嘉荣。"

"嫂子，怎么这么大年纪了还这么冲动呢，坐下，你这一去嘉荣的研究资金可就断了哟。你不会想亲手毁了他的研究心血吧。"

曹总深情地看了杨燕一眼，杨燕坐在沙发上，犹豫不决。

"为了他的未来你就暂时牺牲一下，告诉他你是自己主动用的产品，嘉荣一定费尽心思找出恢复的办法。相信你会做出明智的选择的。"

曹总说完拍拍杨燕，坐回到办公桌前，拿起电话打给前台，叫人备车送杨燕回家。

听妻子讲完整个过程，陈嘉荣抱住她，杨燕痛苦地哭了出来。

"对不起，杨燕，是我害了你。"陈教授看妻子，愧疚难当。

他重新走回到主席台上，拿起话筒："各位，很久以前，大概二十年或三十年以前，我还在美国大学里念书，那时候，赢得贝斯特科学大奖就成为了我最大的梦想。后来，我认识了我现在的妻子，她很爱我，她为了支持我的梦想，放弃了她自己的理想和生活，为了让她的放弃值得，我一直很努力，但我也发现，在追逐梦想的过程中，我开始迷失方向……"

曹总拿起另外一个话筒："不好意思各位，我看陈教授今天身体不是很舒服，接下去还是我来讲吧……"

"曹俊，事到如今，你难道还想继续隐瞒吗！"杨燕大声喝道，同时掀开自己的帽子和围巾，一脸的红斑和血肿令身旁的记者不敢直视。

但很快，媒体哗然，意识到杨燕的这张被破坏的脸极具报道价值，闪光灯顿时狂闪。

"为了我的梦想，我迷失了自己，也伤害了很多人，包括我最爱的人。"陈教授坦然道，"我恨自己的虚荣和懦弱，作为一个科学家竟然助纣为虐，我会用我的后半生去赎罪！今天，将是我的重生。"

曹总想开溜，突然双手被反绑，扣上手铐，几名挂着胸牌的便衣警察来到了他的面前："曹俊，我们怀疑你涉嫌商业欺诈和对顾客隐瞒安全信息，现在拘捕你，请你配合。"

人们的目光和镜头一下子又对准了被带下台的曹总。

记者们争先恐后道："曹总，请你说一下现在的感受，说一句！说一句……"

陈教授走下台，面向妻子，缓缓跪下。

第十章

又失业啦！钱小菲四仰八叉地睡在沙发上，捧着笔记本瞎逛求职网站，心想要么给我一份工作，要么给我一个男人。

自从曹总的 Reborn 事件曝光后，美国的"魅力"总部就派人来全盘接手，公司变动很大，连高沙沙和陈嘉荣在内的一些中高层员工都被停职，等待重组后的安排。

一个礼拜前，钱小菲送雷郑宇登上经东京转机后飞往纽约的航班，雷郑宇即将在那里举办一场个人摄影展，之后履行承诺，继承家族企业。

"对不起，我不该怀疑你。"他们坐在机场的咖啡厅里，雷郑宇这样说。

"临别前别说对不起这样的话啦，要开心点才对，况且，你能回来救我，我就很感激了。"钱小菲说。

咖啡还没有喝完，广播里就开始播放登机消息了，此时飞往纽约的乘客并不算多，安检门口无人排队。

"路上小心。"钱小菲说。

"我会回来的。"雷郑宇承诺道。

钱小菲扑哧一笑，说："别搞得跟灰太狼一样，也不用给自己压力，你要的是自由。"

雷郑宇进了安检，走向登机口。

又走了……钱小菲数着自己的脚步离开机场，那些爱情剧里的女主角们究竟是如何有勇气说出类似"我爱你"或者"不要离开我"这样的话来的？

当钱小菲把这样的情形讲给高沙沙听的时候，高沙沙扯下敷在脸上的面膜，容光焕发一新，直骂她猪脑子，还说这样简直是在侮辱猪，正确的做法是，直接抢过登机牌撕个粉碎，然后扑到雷郑宇怀中，最后一夜缠绵，生米成熟饭。

听高沙沙这么一说，钱小菲也基本掌握女神的情感方针了。

与雷郑宇不同的是，小志彻底赖在高沙沙这不走了，雇人把新屋子装修一番，俨然一行宫。

"你是不是也特想雷郑宇把你家对门的屋子买下来然后赖你这不走了？"高沙沙得意地问。

"我可没这么想。"钱小菲不承认有这样"歹毒"的想法。

"人生中如此绝佳的机会可不多啊，放走了，就回不来了。"高沙沙提醒道。

"那你的机会呢？"钱小菲说着望了望正在全心全意大扫除的小志，"你接受他了？"

"正在考验中。"高沙沙严肃说道，说完冲小志喊："去我的储物间把我的鞋打理一遍。"

"Yes！ Madam！"小志向高沙沙敬礼，钻进黑乎乎的储物间。

"小菲，我的影展这个周末就将举办，我希望你可以来，我为你订好了来纽约的机票，我会在展览厅里等你出现。"钱小菲阅读着雷郑宇的电子邮件，看完后用自己的身份证登陆航空公司的网站查了一下订票信息，果然有纽约的往返机票。

这家伙，没有经过我的同意，甚至都没有问过我，就擅自订了机票！若是这机票退了后的钱能归自己，那钱小菲肯定退票。

"当然要去啦，这还用问，那可是纽约啊！你没去过你不知道，我在那工作过一段时间，我的最爱啊！"看着钱小菲犹豫不绝的样子，高沙沙替她着急。

"有那么夸张吗？我没吃过猪肉，难道还没见过猪跑？真想看，天天都能在电视上见到纽约。我只是觉得，我和他终究不是一个世界的人啊，去一次，又能怎样呢。"电子客票被钱小菲握在手里折成了一只天鹅。

"反正你现在失业又不用上班，就去纽约逛两天呗。"小志从厨房探出头说。

"就是，你看你，无聊得都开始叠鸭子了。"高沙沙帮腔道。

"什么鸭子呀，这是天鹅好不好！"钱小菲要疯了。

"现在是鸭子，得等你到了纽约，才能摇身一变成天鹅呀。"高沙沙一语双关，内涵。

得知女儿为了一个男人要去纽约，钱小菲的母亲直呼世道变了，现在的年轻人呐，谈个恋爱动辄就要跨越太平洋，以前最多在歌词里写写。

为了防止钱小菲临阵脱逃，高沙沙和小志一路押解着她来到机场，目睹她换好登机牌，过了安检，直到飞机起飞，消失在蔚蓝的晴空中。

中国的晴朗换不来美国的晴朗，在费城转机的时候遇到暴风雪，跑道结冰，机场停运。

和钱小菲一起受困的还有几名急着赶回纽约的市政厅官员。美帝真没效率，钱小菲坐在候机大厅里，就当看笑话。

暴风雪没有转弱的迹象，看样子短时间内无法恢复航道。

类似的问题钱小菲也遇到过，那是大学的毕业旅行，一帮人去到南方的一个小城，回程的时候本该于当天晚上九点登机，结果一直拖到第二天凌晨三点。机场方面给的理由是航空管制，但令旅客们不解的是，为什么别的航班不管制偏偏自己这班被管了呢——答案很简单，因为买的是团体打折票。为了安抚旅客，航空公司给旅客发了一瓶矿泉水和一碗泡面，多人性化啊！

再看看美帝的机场服务人员，也不知道先每人发包泡面把嘴堵上，居然在那帮旅客带小孩，一点职业素养都没有。

这时，纽约市政厅的官员们相互之间好像协商完毕，其中一个稍微年轻点的小伙子走到钱小菲面前，钱小菲不知来者何意，但秉承着不挡官路的原则，急忙朝另一边闪躲。

小伙子看出钱小菲的紧张，做出一个抱歉的手势，用中文慢条斯理地说："你好小姐，你也是要去纽约的，对吗？"

钱小菲点点头，不知道点头在美国是不是表示同意。

小伙子又说："一时半会儿飞机无法起飞，所以，你如果很急着去纽约，可以乘火车，虽然比飞机慢。"

钱小菲惊讶这黄毛居然还会说"一时半会儿"这么地道的中

文，便说："我第一次来这里，我不知道如何换乘火车。"

"很简单。"小伙子说，"一会儿我们也要换乘火车去纽约，你跟着我们就行。"说完另外几个同行的人便召唤他了。

钱小菲跟在他们后面，由这个小伙子帮忙买了去纽约的票，一起上了列车。

上车后收到雷郑宇发来的简讯，说从新闻上得知整个美国西部的天气状况都不是很好，问她有没有遇到麻烦。

钱小菲告诉雷郑宇自己已经换乘了列车，据美国公务员讲，两个小时内就可以到达。

列车在大雪中艰难前行，时不时地停下。每当列车停止前进，钱小菲就会联想起动车事故，死在祖国都没名没姓，更别说客死异乡了，肯定直接拖出去火化。坐在旁边的那热心肠的小伙子以为是车厢封闭导致的呼吸不畅，都想来做人工呼吸了。

一个半钟头后，列车在纽约中央车站安全停稳，那几个市政厅的人相互击掌庆祝。

钱小菲出了车站直接叫了辆出租车。谁说纽约的出租车必须预定？这不也是伸手即停吗。

司机载着钱小菲开往布鲁克林区的一片艺术家社区，钱小菲坐在副驾上数门牌号，眼见数字逼近雷郑宇给她的地址。

转过一个街角，一幢三层楼高的灰色建筑，门牌号和地址均吻合。就这了！钱小菲付了车钱，站在建筑门外，透过巨大而明亮的落地窗，看着里面的人安静地站在白色的墙壁前，欣赏雷郑宇的摄影作品。

"我在你的展厅门外。"钱小菲给雷郑宇打电话，告诉他已经到了。

"真的吗？比我想象中要早。你先进去逛会儿，我很快就回来。"

钱小菲走进展厅，随着人流浮光掠影地看着每一张照片，来自世界各地的景色，几乎都不曾有人出现，偶尔一些在非洲拍下的照片，也只是土著们飞奔时的模糊身影。

"钱小菲。"雷郑宇的声音从脑后传来。

钱小菲回过身，看着这个与自己分别了一个月的男人，居然在太平洋的另一端相会。

"你能来真好。"雷郑宇和钱小菲坐在大堂的长椅上。

"但我都不知道为什么要来。"钱小菲说。

"难道你无法原谅我了？"

"不是，不是这个原因，其实我根本没有再生你的气，你离开中国的时候我就告诉过你，你及时出现在我面前，救我，我很感激。我只是觉得，我们并不是一个世界的人。"

"我没有这样的感觉，我不觉得我们来自不同世界，我觉得很好啊。"

钱小菲笑了笑，抬起头看着雷郑宇，说："那只是你的感觉，但不是我的。你记得吗，你对我说过，你要的是自由，不然你也不会逃婚了。"

"我不爱 Lisa，当然不会和她结婚啦。"

"那你爱我吗？"钱小菲问。

雷郑宇点点头："爱啊。"

"那你的自由怎么办？我看着你从世界各地拍回来的照片，我就清楚地明白，你这样的一个男人，是不会安分地停留在一个女人身边的，你有你的理想，这些理想，不是那些平静的日复一日的生活能够取代的。"

"我已经答应父亲会履行和他的约定，我愿意放弃我的自由。"

"可那同样不是我的生活，不是吗？这便是我所说的，我们不是同一个世界的人，你应该去过你该有的生活。"

"可是，我们之前住在一起的时候，不是很好吗？"

"对，那时候的确很好，可以后，就不是那样的了，你能记得就好。"

"你愿意跟我去顶层的阁楼吗，我想给你看个东西。"雷郑宇站起身。

钱小菲跟着他上楼，雷郑宇推开阁楼的房门，打开灯，四周的墙面上挂满了钱小菲的照片。

"这是我珍藏的私人底片。"雷郑宇说，"以后，若想你，我便来看。"

"还有吗？"钱小菲问。

"有。"

"在哪？"

"在一个你肯定能找到的地方。"

简短的美国之行在两天后结束，钱小菲告诉自己必须离开，她担心自己会爱上和雷郑宇在一起的新的感觉，而这种感觉是不祥的，越爱他，就越无法给他自由。

回国后的第二天，根叔来找钱小菲。

"前一段时间多谢你对小宇的照顾。"根叔向钱小菲深鞠一躬。

钱小菲不敢接此大礼，赶忙回敬："哪里是我照顾他啊，明明是他照顾我，应该我谢谢您才对。"

根叔笑笑，问："对了，你们是男女朋友吧？"

"其实也不……"钱小菲无法回答根叔的这个提问。

"小宇是我从小看着长大的，这孩子从小就喜欢跑来跑去，无拘无束，挺让我们费心的。长大后翅膀硬了，更是没人能管得住他，他喜欢摄影，全世界到处跑，我和他父母都希望他早点找个女朋友，可以好好安定下来。"

钱小菲赞同地点点头。

"但是他拒绝了，你知道吗？"

"你是指 Lisa 小姐？"钱小菲问。

"不止是 Lisa，小宇的父亲跟我说，这两天小宇精神状况很不好……"

"我真的不是故意伤害他的。"

根叔摆摆手，笑道："你误会了，没有怪你的意思，他们父子俩斗了这么多年，小宇他父亲也醒悟了，哈哈，也不想强迫这孩子了，他要自由，便让他自由吧。"

"他要自由……他也这样跟我说过。"

"对了，我能问你一个问题吗？"根叔问。

"当然。"

"他为什么会和你住一起啊？"

"这个……"钱小菲有些尴尬，"因为，一开始，我拖欠了好几个月房租，是他帮我交的，所以就让了一间屋子给他住。"

"哦，是这样啊。"根叔哈哈大笑道，"这孩子，追女生的手段还真不高明。"

"啊?"钱小菲不解。

"你要知道,他可是公子哥啊,虽然不是纨绔子弟,不过,他周游世界,每到一个地方,一定会住当地最好的酒店,而且也不会在一个地方停留这么久。这次,他能屈居在这小屋子里,还愿意和你一起待上那么长时间,可见,真的对你动心咯。"

钱小菲听着根叔的话,笑笑,不再多说。

此时的加拿大或美国,应该是白天吧。钱小菲站在窗台边,月色笼罩城市。说来奇怪,思念本 该只是脑力活,却加重了肠胃的负担,饿意袭来,可惜的是,厨房里不再飘出诱人的香气。

原本属于雷郑宇的房间在他离开后就一直关着门。为什么这家伙睡觉的时候一点动静都没有,怎么那么安稳呢?

钱小菲推开门,按下门旁的电灯开关,光线照亮了屋子的墙壁,与床相对的墙面上挂着无数张关于她的照片,从他们第一次在拉面摊偶遇开始,到她去"魅力"面试时给陌生小女孩的捐款,再到在东南亚海岛上的度假……

"在一个你肯定能找到的地方。"

能不能不要这么催泪啊!钱小菲想着,两行泪水终究还是脱离了眼眶的束缚。

高沙沙推开房门,一身运动简装,背着一帆布包,瞬间亮瞎了小志的"狗眼"。

"女神,你这是……"

"Reborn,真正的 Reborn!"高沙沙大步跨出家门。

小志一时没能反应过来,赶忙追向电梯:"女神,等我,你去哪我也去哪！"

本以为高沙沙就这么一走了之，可当他冲到电梯口时，却看见女神一直为他按着开门键。

"还不进来？"

小志跳进电梯，电梯门合拢的那一线间，两只手紧扣在了一起。

天空中一架巨大的客机飞过，带来震耳的轰鸣。

钱小菲坐在街心公园的长椅上，看草地上嬉戏的孩童。

远处一个男生在给心爱的姑娘拍照，那姑娘高高兴兴地摆出不同姿势。

"你为什么老喜欢给我拍照啊？因为你是我的优乐美呀！"钱小菲无聊，装出两个人的声音自问自答。

她拿出手机，这手机还是从雷郑宇那硬抢来的呢。现在没人给拍照了，干脆自拍吧。

钱小菲举起手机，用背面的摄像头对准自己。

"咔嚓！"钱小菲拍完翻过手机看屏幕上的效果，看着看着眼泪水就模糊了整个面庞。

手机屏幕上一张熟悉的自以为是的脸在身后摆着不屑的表情。

"你这家伙还真是无药可救，你以为我这手机是你那山寨货啊，两边都可以拍照的好不好。"雷郑宇恶毒的口吻传来。

钱小菲忍不住大哭起来，直到一只大手轻轻抱住她，将她拥入怀里。

"乖啦……"雷郑宇布满胡楂的下巴抵在钱小菲的头上，弄得她痒痒。

"你怎么回来了？"

"我又跟我老爸要了一年的假期。"

"你老爸会同意？"

"这一年的时间要是用来周游世界，那我老爸肯定不会答应；不过我跟他说，这一年的时间，我是用来追他未来的儿媳妇，他就随我去啦。"

"嗯——我要吃排骨，糖醋的。"钱小菲骄横道。

"好。"

"还要吃带鱼，也要糖醋的。"

"好。"

"还要给我买方便面。"

"你还真没长进哎……好！"

"还有，你不可以离开我。"

"好……"

图书在版编目(CIP)数据

独家爱恋 / 顾淑赜著. —重庆：重庆出版社，2013.9
ISBN 978-7-229-06706-9

Ⅰ. ①独⋯　Ⅱ. ①顾⋯　Ⅲ. ①都市小说—中国—
当代　Ⅳ. ①I247.5

中国版本图书馆CIP数据核字(2013)第137248号

独家爱恋

顾淑赜 著

出 版 人：罗小卫
策　　划：国历图书
版权合作：北京棋玉记文化传媒有限公司
责任编辑：陶志宏　何　晶
责任校对：胡　琳
装帧设计：弗工作室

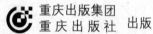
重庆出版集团
重 庆 出 版 社　出版

重庆长江二路205号　邮政编码：400016　http://www.cqph.com
北京兴湘印务有限公司印刷
重庆出版集团图书发行有限公司发行
EMAIL:fxchu@cqph.com　邮购电话：023—68706683
全国新华书店经销

开本：889mm×1230mm　1/32　印张：6.25
字数：140千字
2013年9月第1版　2013年9月第1次印刷
ISBN　978-7-229-06706-9
定价：25.00 元

如有印装质量问题，请向本集团图书发行有限公司调换：023—68706683